life
must be
different

夏果果
作品

生活D
必须另有所
想

刺穿庸碌的42封信

TO：一 切 给 你 力 量 的 生 活

中国友谊出版公司

图书在版编目（CIP）数据

生活必须另有所想／夏果果著．－－北京：中国
友谊出版公司, 2015.5（2015.10重印）

ISBN 978-7-5057-3520-0

Ⅰ.①生… Ⅱ.①夏… Ⅲ.①散文集－中国－当代
Ⅳ.①I267

中国版本图书馆CIP数据核字（2015）第098761号

书名	生活必须另有所想
作者	夏果果
出版	中国友谊出版公司
发行	中国友谊出版公司
经销	北京时代华语图书股份有限公司　010-83670231
印刷	北京中科印刷有限公司
规格	880×1230毫米　32开
	9印张　150千字
版次	2015年6月第1版
印次	2015年10月第3次印刷
书号	ISBN 978-7-5057-3520-0
定价	36.00元
地址	北京市朝阳区西坝河南里17-1号楼
邮编	100028
电话	（010）64668676

目录
CONTENTS

自序

TO：那个曾经的自己

我有一个朋友，日常只做三件事：辟谷、打坐以及在打坐时思考人生。

他有一句挂在嘴边的话，昨日种种譬如昨日死。大概的意思，用简单的话来说，就是每一天每个人都是新的。

我觉得这是一种智慧，也是一种境界，寻常人是做不到的。

身边的很多朋友、很多熟悉的人，抱怨的都是一种让自己习惯到麻木的生活。每天在差不多的时间起床，开（坐）同一辆车，走同一条路线，到同一家公司去，对着电脑做差不多的工作。

甚至连偷懒的方式都一样，比如说偷偷刷刷淘宝、京东的特价，聊聊微信与陌陌。

偶然会有朋友的邀约，下班后以减压的方式去 KTV 疯狂地当次麦霸，或略带猥琐地跟台妹们讲个荤点的笑话，再不然就是去街边的排档串啤，喝高了高声大嗓子地吼着："老板，再来两串大腰子，多搁孜然和辣椒面！"

知道为什么去 KTV 和串啤的时候，心情会如此舒爽和良好吗？不是你所想的这样是一种减压的方式，而是因为它的出现给你的生活带来了一点点的不同，带来了一点惊喜和其他的颜色，所以就会显得如此亮眼。

把话回到刚才那句昨日种种譬如昨日死上。你还觉得这事简单吗？这种每天都是全新的一天，自己也是全新的自己的感觉，还容易吗？答案显而易见，不容易。

少数人，一辈子是过了两万多天；多数人，一辈子是过了两万多个同样的一天。

所以，别说苟日新、日日新、又日新的人。大概每年能有一种全新的自我、全新的生活、全新感觉的人，人生都是精彩的。

有些人，会很庸俗地把这用金钱和名气来衡量。也即是用物质作为标杆，能活出个不同状态，活出新生活的人，如果成功了，赚钱了，那么就叫与众不同、卓尔不群（啧啧，听听，卓尔不群。稀少程度立刻就变成了国宝大熊猫的级别）。

而如果一个人只是能不断地改变自己，改变生活，活出不同的状态，但没有太多的钱，没有成名，那就叫作瞎忙，穷忙，瞎折腾，没正形，扶不起的一坨（啥时候刘备儿子小名叫一坨了）。

可怜的是，我就是其中的后者，很多人眼中折腾没够的一坨。他们不理解我，瞎折腾啥？多好的机会，多好的工作，多好的生活，像变魔术一样，说玩没了，就玩没了。

而我则无法明白这些人，为啥人生这么短，为了穿衣吃饭，为了房子车子，为了晋升加薪，为了别人喝彩，为了人家嘴里两个字"成功"。就愿意忍辱负重、疲惫不堪，孙子一样地憋屈着自己活着呢？

连自己想做的事都不敢追求，连最爱的东西都能"理智"地放弃。那么生活还叫生活吗？胆量到底都哪儿去了？

中国数千年来的传统，一直都是赞成"老成谋国"的理念的。做人最怕嘴上没毛，办事不牢；最怕不能忍人之不能忍，因为一这样，就不能成别人所成；我们喜欢忍辱负重，卧薪尝胆。这些高贵，看起来很牛掰的想法和做法，我不全面地反对。我想问的是，人家勾践卧薪尝胆，韩信胯下忍辱负重，为的是将来做自己想做的事。而大多数普通人，卧薪尝胆，忍辱负重地放弃了自己想做的事，到底算什么样的英雄，又能有什么样的作为呢？

最近，闲下来的时候，我爱上了思考人生。我想从自己的经历中拎一根线出来，然后看看自己曾经走过的那么多条路。

其实有些时候真的很奇怪，因为一步步的变化，让我自己都有些迷糊。在每个改变之前，在每个人生阶段，到底是什么让我做出了选择，引发了改变？这些细节不去回忆的话，就很模糊。所以，我对现在的自己，真的感觉有些莫名其妙。

　　小学的时候，大家都很简单，不是头脑，而是见识。当时的梦想是团购的，大多数男生唯一的梦想就是成为解放军的一员，女生的群体性梦想是变成医生或者老师。

　　而若干年后，看看当时的那些孩子。现在的状态几乎也是团购的。除却几个特别出色的外（也有可能是家里背景特别出色），大多数的现状也是团购的。在企业里朝九晚五，娶个媳妇嫁个老公，每天照顾孩子和家庭。最大的娱乐莫过于每年长假里人挤人地旅行，最大痛苦就是银行房贷和车贷的按揭又涨了。

　　他们不热衷于人生的新机会，已经淡忘了自己想做的事，只盯在做什么事赚钱上。理想、兴趣、爱好，切，那些都是糊弄小孩子的玩意儿。

　　所以，每次当几个热衷于同学会，混得不错的同学组织聚会，大家在聚会上明聚暗炫，带着目的性勾搭，夸赞自己，挤对别人的时候，我总是躺枪的一个。我甚至总结出了几个同学聚会必然针对我的问题。

　　1. 现在你在干什么啊（我去，你又换工作了，我就知道你没正形，做什么都做不久）？

　　2. 还写书不？收入怎么样啊？在北京（××）有车有房了吧（一看你就不像有车有房的样，在大城市混怎么样，苦吧！）？

　　3. 你能不能安稳点？都这么大人了，跟你差不多的人孩子都会打酱油了（这一般是关系比较密切的同学由衷的关心，因为他们看不懂我到底为什么折腾个没够）。

4.大作家！你是我们班的荣耀啊，来，在我衣服上签个名呗（吹，就你能吹，现在谁还不认识几个作家啊？我根本不知道你写过什么，看我衣服牌子，你羡慕吧？）。

其实，我也不知道为什么我会选择现在这样的一种状态。曾经我做过文艺女青年，那个时候女文青的说法还没有出现，还没有海藻般的长发，匡威帆布鞋，背着单反的所谓女文青的标配。

曾经我做过期刊的编辑，那个时候全国还流行着数本叫《知音》、叫《女友》、叫《爱人》的杂志，而且销售火爆，火车上，地铁上，公交车上，还有人看杂志和看书。

我后来就成了懵懂的北漂，哭过、累过、笑过、骄傲过也傲娇过，更迷茫过，在春节的爆竹声里，摸着自己空空的口袋，欲哭无泪，张着嘴像一条离开了水的鱼。

再后来就变成了小有名气的出版人，风风火火地认识了形形色色的名人、明星，和他们成了朋友，却没有从这些大家都觉得肥得流油的朋友身上，赚到过一分钱。

电视嘉宾，我更是莫名其妙，不知道自己到底怎么就从台下走到了台上。但是，在《中国梦想秀》的台上，我开始慢慢地寻找到了一个答案。那就是为什么我这么能折腾，能坚持折腾，能一直在这种状态下过着大家都看不懂、都规劝我的生活。

我还有梦想，是的。因为梦想，所以必须让自己改变。即便做不到日日新，也要做到月月新。即便一下改变不了我的现状，也要慢慢来，一点点地改变，积少成多，最终达到我心中的目标。

其实，折腾不就是为了改变吗？其实，每一次哪怕细微的改变，都有自己的"蝴蝶效应"。它所为你带来的，也许就是完全不同的未来和人生。

这封信，是在写自己新书的最开头写给自己的。想必它变成图书的一部分被看到时，这个自己也已经成了曾经的自己。

我不太明白，也不太想弄明白，到底什么时候我会折腾个够，然后开始变得平稳。

但直觉告诉我，也许这辈子都不会。我大概是个常变常新、自己变化都频繁到让自己害怕的人。

夏果果

2014 年 × 月 × 日

章一　言物

>>>

女人都是物质的，
这句话我不讨厌，
反而很欣赏。
因为它足够真实。
女人的物质往往不是因为价格或价值，
而是一物一心，
大抵如因一个人爱上一座城，
每一件割舍不下的物品中，
其实都隐藏着过往和心事……

心是一块地儿，怎么用完全在你。有的人把最美好的、最值得记忆的东西收藏在那里。把一些负面的东西驱逐出去，于是活得很阳光，也很快乐。

也有人，会把负面的东西，羡慕、忌妒、恨，不如意和牢骚放在那里。那么心就变成了地狱，无时无刻不在折磨着这个人，也同时会让他想方设法地去折磨别人和伤害别人。

当然，生活里的大多数人，不是非此即彼、大慈大善、大奸大恶、有大智慧、得大解脱的类型。

更多的人应该和我一样，心里有美好和光明，在角落里也隐藏着一些邪恶和小阴险以及小黑暗。

还有一些占地面积不少的东西，可以叫回忆，也可以叫杂乱物品。

这些东西也许是一个人，是一句话，是一种情感，是一群人，一件东西，一个玩具，或者干脆是一盘菜、一声呵斥。

它们无所谓好无所谓坏，但总会留在你心里。当你想起的时候，会有不同的感觉、不同的感悟。它们就摆在那里，验证着你的成长的想法。每当你去触碰它们的时候，会发现，随着时间的不同，你的心境和认识会有不断的变化。

所以说，它们很好玩，很有意思。也从某个角度上来说，对你的生活和选择会有很大的影响。

于是，它们值得你花时间去为它们一一写一封信。

也许这些信写完的时候，你会发现你以前从未发现过的有趣的人生。

TO：房子——买间房子与自己过夜

我几乎是个剩女了。事业和梦想在继续，但爱情却迟迟不来到。

外表坚强和无谓的掩饰下，心里却常常有几个词在逗留和徘徊，寂寞，孤单，冷。正如周星驰电影中所说，午夜梦回的时候，这几乎是每个独身女孩都有的感触和难忍。

于是，在那段时间有着更多的闺密。单身的闺密，因为我需要找人一起依偎取暖。

也从这些单身的闺密身上，似乎像从镜子里看到自己一样，看到了内心的许多东西。

独立的女人追求各不同，有栋心爱的房子却是一样的心思。即便它不华丽，却仍是一个单身女人在流浪的日子里所能依靠的安全。

追求自由的代价就是放弃舒适，与流浪捆绑到底。

曾经，一月三十天，我半月漂北京，半月泊西安。

夜不眠，单身女子的寂寞就从骨头里开始渗出，哆嗦着拨通了一个男人的电话，希望他能给予自己在一个午夜的安全，却又不好意思开口。于是语无伦次地倾诉，西安的冬天总是来得如此迅速，又是如此漫长。冷得让人发怵，寒得让人无助。

他打着哈欠，丝毫没有诚意地应付着我的聊天。我有些恼火，如此这般不情愿陪我聊天算了，何必撑着？我还不稀罕呢。

他在电话那头懒洋洋地解释：男人贪恋午夜家中的大床说明他是良民。

我还来不及和他计较，他接下来却一语点破天机：你要做独立女性，常年在外奔波，你今天不习惯了南方的甜，明天不适应了北方的辣，连个自己固定的窝都没有，寂寞也是自找的。

我们为什么寂寞？我细酌起身边为数不多的单身女友。

A：

关键词：虚荣

于峤， 26岁，在一家规模还算不错的外企就职。上学时因贫穷丢失了初恋男友，从此绝口不提爱情，张嘴必是游戏。

每次聚会时她总是最后一个妖娆出场，自诩是强悍的人是不轻易等人的。全身上下香奈儿，动不动会在人群中优雅地叹一声：谁才是我的迪奥香？

她常常冲着街边穿廉价衣服却又打扮个性的小女孩撇嘴，嘲笑她们追求浪漫的不现实；一回头又对着超市里购物车里满是家居用品，并牵着一孩子手的女人摇头，可惜她们为人妇后的人比黄花。而她自己则永远是出门的士，旅游酒店，奢华的生活总是让人咋舌，顶着一群男男女女的惊羡，骄傲走过，满足着自己刚好是 26 岁恰好风情那无知的虚荣。

在一个暴风雨的夜里，她在一家星级宾馆里却抱着我痛哭。

于峤自白：物质上的满足可以让自己舒服，却还是没有安全感。在与人游戏的时候，我是一边开心大笑一边发现少了一些感动，在享受酒店服务生殷勤的接待时，望着装修豪华的天花板顶灯时，心里总是有淡淡失落。

B:

关键词：好胜

肖洁，28 岁，自由撰稿人。父母重男轻女的思想很严重，小时候父母总是看见她就叹气：女孩啊，长大了能做什么，嫁鸡随鸡，嫁狗随狗的别家人哦。

就为了那点破自尊，一气之下发誓，做成做不成大事都单身，女人就是能撑自己的一片天。在全部家当只有一百块的日子里，没日没夜地泡在网吧里拼命地写字挣钱。曾经，也遇到了那么多优秀的男子，也找了适合自己的工作，却仍然不停地跳来跳去。我问过她，为什么不能安静地在一个城市长久地待下去，为什么过着那么优越的生活还是那么寂寞，那么忧郁。

她从来不回答我，漂着荡着，从北到南，再从南到北，从家人眼里的依赖性女孩变成刚烈的女子，从朋友眼里的自闭女子变成风情女人。

家里人开始着急她的婚事，她若无其事站在青春年华的尾巴上将单身宣告到底，全天下的人几乎都知道了她是个女强人，她一个人在深圳那个烧钱的地方，租着一套三居室的房子奢侈无比，我一直拿她当最靠谱的单身榜样。

肖洁自白：表面越来越强大，内心却越来越脆弱，我越来越看不到自己的前路，那么迷茫，那么冷清。每次交房租的时候就会觉得有低人一等的自卑，每天晚上下班不想回家，觉得那个屋子冰凉冰凉的，没有一点自己的气息。

C：

关键词：洒脱

苏娅，29 岁，心理咨询师。做了九年的咨询师，苏娅从一开始会被别人的故事感动到现在纵然劝人分手都是面无表情，我们在背后都管她叫灭绝师太。

只要一谈起关于感情或者婚姻的话题，苏娅马上会收敛脸上的笑容，摆出一副职业姿态来和你讨论。相爱容易相守难的道理谁都懂，可是她仍然能边喝咖啡边提出另一个观点，恋爱简单分手烦。

她是坚守了独身的，根本没有任何人能说得过她。正如她自己所说：我自己比谁都清楚单身需要面对的问题，但是我也比谁都明白单身带给我的优越性。

她租赁的房子从来不会超过半年就会搬家，这个问题让所有人都很郁闷。直到有一次我去她家里发现了她抽屉里若干的粉色小雨伞，她一脸无所谓的样子让我有些尴尬，我指责她是伪单身。

她冷冷地看了我一眼，说我太落后。她说大家成年男女了，单身是我们心理上自己的约束，所以只存在感情上，身体又没做错，不能连带着一起受罪。

她最后又摆出了她的最新单身理论：上床轻松下床欢。

我疑惑地问她，难道真的就没有任何遗憾吗？她方才皱着眉头说：要是有一套自己的房子也许更好一些。

苏娅自白：感情没有延续，身体不受束缚，这样的单身是非常好的生活状态了。可是每次在租赁的房子里总是会产生很多莫名其妙的幻想，比如房东会突然按响门铃……或者之前的房客突然回访之类的。我是个很能胡思乱想的女人，所以即使我很清醒地去面对单身这个问题，活得也很潇洒，却还是会在那张不真正属于自己的床上忧伤。努力挣套房子，我想是保持我单身的最美丽梦想。

D:

关键词：安全

刘惠春，27岁，律师。可能是职业习惯，她对于什么是属于自己的财产，什么是属于共有的，什么是属于他人的分得很清楚，也导致了她认定与其有可能会与人共享，不如提早结束念头的单身思想。

前段时间她欣喜地在电话里说，果子，我在上海买房了，一室一厅的小居。我不屑地鄙视她，月薪上万的白领女子，竟然只买了 30 平方米的小户。她争辩说，在那个奢华的城市这样的房子很贵了。我抢白，嫌花钱那还不如租个好点的房子舒服呢，走的时候还洒脱，丢得干净。

她在沉默了半晌之后，黯然：即使是天天住酒店也能住起，何况只是租房。可是那种感觉不一样，始终没有安全感。在一个喜欢的城市，有一个属于自己的窝，哪怕是在孤单夜里蜷缩在墙角也是满溢温暖，那才是真正的单身贵族。

突然就泪流满面，一直以为单身就是潇洒地挥霍人生，所以毫无节制地似水流年，所以盲目疯狂地随心所欲。一年来，一直漂泊不定，在转了百折之后，还是回到最初的起点，竟是突然发现，原来已经开始不能接受季节的变化太快。其实不是季节转换得太快，而是我动荡得太厉害，繁华过后，却更是满目苍凉。

游戏再有趣，终还是要结束，酒店再豪华，毕竟只是过夜的落脚点。

在这冷清夜里，对着苍凉星月，开始明白那么冷傲的潘美辰也能那么感伤地说：我想有个家，一个不需要华丽的地方。

我的思想再一次被他的声音唤回现实，他说，要不，我过去陪陪你？

不，我坚决地挂了电话。

的确，原本是想找他来使自己度过这难熬的深夜，却突然发现，这个一直暧昧着却没故事的男人也像是我的一个旅馆，只有温度却不温暖。

男人，可能相爱，却可能不相守。

单身女人华丽背后寂寞的原因只是，在那个拼搏的城市里，在那些坚强的笑容后，在那段单身的岁月中，有个属于自己的房子，可以不大，可以不华丽，只为那一份夜里美丽的安心。

预备单身的姐妹们，寂寞吗？那么买个房子，和自己过夜。

TO：鞋子——我要一百双鞋子

穿一双合适的鞋子，能走遍喜欢的地方。很久以前就听人这样说过，于是惯于流浪的我迷恋那一双双舒适的鞋子，鞋柜里摆满了各式各样的鞋子，有友人来访，狂呼：你是批发鞋商吧？

我掩嘴而笑，当然不是，只是觉得穿双好鞋子能让自己觉得走路也能昂首挺胸。

友人却突然皱眉：可惜，身为女人，你竟然没有一双高跟鞋。

顿时无语，我又何尝不知，穿一双高跟鞋可以使自己的身材窈窕，又何况我那三级残废的身高，如果能配上一双漂亮的高跟鞋，嘿嘿，那该是如何风姿绰约。

可悲的是，个子小不是我的错，可是不会穿高跟鞋却真的是我的罪过了。好羡慕那些人穿着很高很高的鞋子在大街上优雅地转身，行走。曾经，我也穿过一双和别人相比简直不能叫高跟的高跟鞋，一瘸一拐地上了街，的确是引来些许目光，尴尬的是不是因为窈窕的身材，而是因为笨拙的姿态。

从此再也不提穿高跟鞋。

只是嘴上不说了，心里却仍是牵挂。如同对他，不再挂着说爱了，心里仍是牵肠挂肚地思念、关心。女人从来如此，知道了不可为，就不为，不为却不代表不想为。

能想也是一件好事，我只能这样安慰自己。

又见高跟鞋，是和女友去逛商场，百盛的架子上琳琅满目，全是各式漂亮的鞋子，很是喜欢，却都是高跟，不免懊恼。私心里其实是很想穿的，可是害怕了那无法行走的沮丧，不敢再去尝试。

暗自算过，以我娇小的身材，若是穿上高跟鞋，似乎刚刚满足小鸟依人的标准，就再也不是三级残废了，可惜我少了那份勇气，少了那份踩着"高跷"的优雅。

女友说，百丽的高跟鞋是制作最好的，最舒服的，可以尝试。

决定买一双，不为别的，就冲着那句广告词：百变而美丽。爱情又何尝不是？没有哪个男人愿意看一张永远不变的女人脸，女人若是恋爱了，便要天天地为他做可爱状、风情状……

纵然不为他，为了自己，也未尝不可。

假设某天他离开，想想自己原来也可以在镜子里对舞，一个笑脸，万样妩媚，也是一出委婉的折子戏。一个人的日子里，有自己百变的心思，也是在那些寂寞的夜里安慰自己的筹码。

平底鞋穿着虽舒服，却没了那小女人般的扭身的妖娆，高跟鞋纵然在狂奔时有一些痛苦，却也平添不少痛并快乐着的美好。

没有一成不变的嗜好，也没有无法从容的往事。穿一双从不敢奢望的高跟鞋，我仍然要学着优雅转身，然后微笑，百变而美丽的女人，是幸福旗下鲜艳的花。

To：课桌——课桌：课桌上的难忘过往

⌄

我常妄想，如果你能变成人，会是什么样子？又会和我有什么样的关系？

大概，我想我应该不是和你成为最心爱的朋友，就是恐惧你，害怕你，从而离你远远的，躲开你，希望一辈子都不会见面吧。

不知道，鲁迅的一篇文章，让你承受了多少"伤害"，那时调皮，不管有钱没钱都有点任性的我们，应该不少人，都会选择在你的脸上刻上一个"早"字。

或虽然没给你带来不可弥补的伤害，却会有人在考试前，密密麻麻地用钢笔在你的脸上写上那些自己记忆不牢靠的答案，以便在考试时悄悄地帮自己作弊得一个高分。

人大概在人生的每个阶段，都是应该有一个不是人类的心里依靠的。他会对这个心理依靠产生依赖性，甚至觉得是最好的朋友。一如电影中，那个沉默寡言，许多话不便说，也不想说的英俊男人，心里最大的依赖像一个黑漆漆的树洞一样。而我在上学时，最大的心理依赖就是你。

至少一直到如今，我都对"朋友"两个字感觉含含糊糊的。不太确定这两个字的内涵，想称得上这两个字的人，对自己来说，又应该承载哪些义务，拥有哪些权利？

在有些人的眼里，朋友即认识的人、熟悉的人、吃过几次饭的人。如今不是好多人和别人吃过几次饭，再提起的时候就敢大言不惭地说，我和某某是很好的朋友吗？我想，大概所谓的相交满天下，即是指这个类型的人。可惜我不是，但我明白这个类型的人其实也有自己的悲哀，那就是往往逃脱不了知心有几人的疑问。

还有些人，心目中的朋友是分三六九等的，他们曲解了孔子先生在《论语》里所说的一句话，无友不如己者。觉得钱财、利益过手，方是朋友。所以，选择朋友是选择利益。他们不任性，缺乏激情，朋友多半不是人，而是一个人的地位、身份能给自己带来的权力。这些人其实也是悲哀的，因为他们眼里的朋友随着利益而变，从不用什么真心，所以别人对他们往往也不是真心，不过是互相利用而已，只要失去了价值，就是明日黄花。人走茶凉，或者说得意时身边盈盈沸沸，但失意时，最需要帮助和安慰时，反没有人愿意伸出一只手来。

还有些人，择友极严，太过于苛刻和理想化，终生所认定的朋友不过一二。对他认定的朋友来说，这当然是好事。但对他不认可的人来说，他有的也只是应付和冷酷，大抵这些人，心里也羡慕那些平日里招朋引伴的人，只是不说罢了。

而我一直以来，未曾变过的，是觉得人心换人心，只要不是太卑劣，或内心有缺的人，最初我都是愿意当成朋友去看待的。事先就把他们摆在亲近的朋友位置，愿意倾自己所有的力气去帮忙。

可是这并非没有缺憾，也是理想化的另一种模式。所以难免被坑过，甚至有人不屑地漠视我的好，背地里称之为贱，或者说再多的付出，平白也是被辜负。

我素来不是太循规蹈矩的人，喜做心血来潮的事。这一点，就被人认为是折腾，摸不透内心的想法，不知道到底想做什么，想要什么。

近年来的同学聚会上，不少曾经的同学喝醉了酒，或者半醺之时，偶尔会酒后吐真言，对我的评价是：当初有些怕你，不明白你为什么那么能折腾，能闯祸，所以就躲你远远的，害怕受到牵扯。

人其实最害怕的人，就是自己看不懂的人，理解不了的人。觉得这些人就像一个黑洞，说不定什么时候自己就被吞噬掉了，而且连骨头渣子都留不下，所以根本不会和这样的人做朋友。

整个学生生涯，我在别人眼里可能就是这么一个复杂的人。直接导致的情况就是，没有多少人会真心地玩耍，跟我说话。有些时候，我很羡慕，也很忌妒那些身边总有人陪伴，放学之后总有人一起回家，有了心事可以有人倾诉的人。而且我很伤心，为什么我努力地对每一个人好，最后反而让人敬而远之，根本不愿意哪怕对我有几句安慰和规劝的话。

少年时，我的心是寂寞和孤独的，而少年人，最怕的则又是这种寂寞和孤独。

所以，我只能把你当成朋友，虽然也曾在你的脸上刻上一个"早"字。但其实，你默默地承载了我内心所有的心事。

我会在课余的时间，趴在你的身上休息。有什么事，憋闷在心里的时候一定会找时间对你一点点倾诉出来，甚至会询问你的意见。你当然不会回答，可是只是说出来，就会让我心中舒服许多。

这也导致了更多人觉得我怪异。没人会觉得，一个顶着大雪早早到学校的女孩，对着课桌窃窃私语到底是为了什么，没人知道，昨天晚上这个女孩几乎一夜不能入睡，只是紧张了和身边同学因为一句话而产生的误会和口角。

只是有些人在进教室的时候，看到我的行为，于是心里猜测。一条消息频传："我们班的夏果果，可能精神有病了。"

雪上加霜不是吗？有了精神有病这种事，平常注意我的人倒是多了。但这注意不是关注，只是为了找出我有病的证据，然后当成校园传奇，或和其他人一起议论的话题和谈资。

正因为这样，所以更没人能够理解在升了年级、换了教室、换了课桌之后我的黯然。我甚至对班主任提出一个在他看起来特别无聊的要求，那就是能不能把你带走，带到新教室去。班主任不准，认为我在班上当众挑剔他，驳了他的面子。

最后，还是私下找到你的新主人，以一个月的牛奶为代价，在晚自习后悄悄地留在学校，趁着夜色把你换了出来，才算达到了自己的目的。你可能体会不到完成这一切后我的狂喜。一如班主任根本难以体会到，一个没什么朋友的学生会对一个能够安静听自己倾诉的课桌产生了依赖，真正把课桌当成了朋友。

实际上，我觉得如果你有记忆的话，应该明白这种感情。这种感情让我度过了那些个缺失朋友和交流的岁月，也是我为什么毕业之后，天南地北，换了无数工作后，还会每次回家都到学校里看看你的理由。

大概除了天生对文字感兴趣之外，这段时间成长中朋友的缺失，也是我最终选择成为一名作者的一个重要因素。这应该是一种内心、潜意识里表达欲望所逼迫自己带来的改变，如果说没有人愿意听，那么我愿意把内心通过文字写出来，给更多的人去看。

很多时候，人的很多行为，都是潜意识所带来的。比如说人生路上的各种选择。

随着不断地长大，走过的地方逐日增多，经过了时间的磨砺，以及阅历的增加。我开始渐渐地以你为主，建立了自己对朋友的标准。朋友是什么人，朋友是像你一样面对我各种让人不理解的行为，我的折腾劲，而只是看着、听着，却从来不猜疑，不需要解释的人。

因为信任，所以不需要解释，无论你做什么，只在你需要的时候帮你、欣赏你，却不会质疑你的人。

这样的人，和你之间互相有了信任，就是朋友之间最深厚的好。和他们在一起，你不用刻意去做什么，都会在彼此需要的时候，站出来默默替你扛着。

学校要重新装修的时候，盖了新教学楼的时候，你们这批老的桌椅也该退役了。我从网上听到了消息，其他同学都建议在学校面目大改之前去故地重游，寻找一下逝去的记忆。

而我在千里之外，请假不成，旷工也要回家的原因，就是要把你从回炉再造里拯救出来。

如今，我的书房里摆放着你这样一张老旧、简陋的印记斑驳的老课桌，和周围的一切都显得那么不协调。

但是你是否感受到过,当我顶着同学们质疑的眼神,怀疑我是在秀,或者这么多年来,我的脑子一直有病这样的目光,尽力搬着你一点点挪出校门的时候,心里是多么舒畅?

我觉得你一定有,因为我们是朋友。

TO：手机——它拴住了你，你却丢了自己

　　我想，你大概是现在人们最亲近的东西了，对你的亲近似乎超出了对自己最爱的人的亲近。

　　身边有许多闺密抱怨，两个人都忙碌了一天回家后，却罕见地只能说上几句话，老公吃完饭，就抱着你坐在沙发上或者躺在床上全神贯注地看，根本注意不到老婆换了发型，穿了魅惑系的内衣，或者紧锁的眉头。

　　闺密们恼怒，有时会对老公发火：你现在是不是压根儿不关心我了？一天到晚都是对着个破手机看看看！老公们想到了搓衣板、键盘、客厅沙发或一个月不让上床的惨境，仓促地放下手机赔着笑脸。

　　闺密更加恼怒，大叫："快帮我把淘宝的 app 升级一下，不然我总秒杀不到东西！"

　　你，似乎把现代人的大部分时间都耗用了，不管是社交需要、娱

乐需求，还是沟通联系的需求全要依靠你来满足。我不知道这到底是进化还是退化。

脑补一下，丈夫在卧室里捧着你看新闻，结果收到妻子一条微信，微信说，吃饭了，速来，后面加了一个嗔怪的表情。

丈夫拿着你到了餐厅，对妻子说，喊一声就听到了，这么近用什么手机？这场面虽说有几分情趣，但细思极恐。我们似乎离开了你，连活着都不怎么会了。

你的内涵是很多变的，在你出现之前，大概是一种叫BP机的玩意儿风靡了一段时间。刚出现的时候，你其实代表的是实力，是有钱，是背景。当时一万多元、两万元的身价，绝对算得上是顶级的奢侈品。更狠的是通话费，双向收费，而且一分钟通话则需要一块钱左右的话费。

所以，你曾有个很牛气的名字，大哥大。现在去翻一翻20世纪90年代初的港台片中，最经典的场景之一，即有财气的巨富或黑道的大佬出场，一定是手持着你，然后重重放在面前的桌子上，霸气侧漏，让人一看就是重量级的人物出场。

所以那个时候拥有你，是需要资格的。现实里不是生意人、老板，就是社会大哥，或者说江湖上的骗子。你也变成了后来江湖流传中，骗子行骗最重要的道具和利器。

后来，你开始变身，越来越轻薄。然后，价格也开始逐渐亲民，在你的黑白屏和彩屏交替的时代，一部以你为名的电影上映，也让你炸弹的形象一直持续到如今。

那部电影里，其他的场景都模糊，记忆中最清晰的是张国立饰演的费墨的一句话，做人要厚道。以及葛大爷开会时接范冰冰出演的小三儿的电话的经典对白："喂，是我。""说话不方便吧？""嗯！"……

这部电影上映后，其实是对你的一种伤害。大家忽然发现，你在提供便利的同时，也在成为一种证据，变成了一条链子，化身为一颗定时炸弹。看完电影，想想自身，忽然觉得手机让人变得有些喘不过气来。

我的第一部手机，即在那个时候由当时的男友送的。收到这份精巧的礼物后，我心里还特别高兴，甚至有点小激动呢。但是有朋友却冷笑着对我说："你还高兴，你知道这是什么？这就是给狗买了一条链子，从此不管多远都把你拴住了！"

这种想法说实话，在当时非常有代表性。甚至一直到今天，依旧很有代表性。所以，层出不穷的手机应用都在这上面开始下功夫，有背景音软件，给在 KTV 或桑拿里的老公们做伪证，模拟在会议室、单位，或者车站机场。有隐藏号码软件，帮助人隐藏真实号码，让对方接听。

加上后来甚至上了新闻，现在还有垃圾短信推广的 × 软件，也称为手机间谍。在对方的手机里埋了耳目，掌握对方的行踪。乃至现在流行的各路 app 的黑名单，已关机，或没有信号的提示。其实都是在侦查和反侦查、逃避和被逃避的较量当中出现的。

曾有段时间，听多了关于你的各种传闻，感觉你的出现，真的把几乎所有人都逼疯了。

员工想办法逃避老板的加班通知，老婆处心积虑地想看老公的手机，男友和老公们，则会在回家和约会前，删除掉所有能够暴露自己的东西，甚至自己感觉暧昧一点的短信和来电。人们展开了一场轰轰烈烈，耗时费精力，提心吊胆，磨去信任的种种拉锯战。

而拉锯战中产生的种种结果、悲剧、伤害，则都被算到了你的头上，让你根本难以甩开。

世上一切事，在我看来都是一个轮回。你也不能例外，兜兜转转之间，你又回到了攀比和面子的定位上。

苹果智能机的横空出世，让肾变得不能安宁。很多人割肾也要买苹果，归根结底不过两个字，面子而已。为的就是出门拿得出手，发微博上论坛，能有个来自苹果手机的小尾巴。

所以，人分三六九等自古就有，但现在，依靠使用的手机去分，成了新的衡量标杆。

苹果人人想要，若说有多少人喜欢和了解，痴迷这个被咬了一块的苹果，理由是对它的品牌文化和乔布斯观念的认同和崇拜。我觉得起码在国内来说，是不成立的。大多数的果粉，崇拜乔布斯是因为其有钱，大多数的所谓果粉，喜欢苹果是因为拿着它，别人会觉得我有钱。

你又被连累吐槽，成了装阔的象征，成了人们判断另外一个人的象征，似乎约定俗成的，用苹果的是白领、金领，用威图的是土豪，用三星的大多是管理层。

你大概觉得很冤枉，其实我也觉得你一直很冤枉。就犹如一把锋利的菜刀，诚然可以视为杀人的利器。但杀人的哪会是菜刀的本身呢？

当初的喜欢和现在的依赖，是因你的确具备相当的便利性。这是你的好。

但人们给你附加了无限的麻烦和坏出来，如果不是有些人，自身有些只适合放在心里,不适宜被发掘出来的小秘密的话，坦荡荡的君子，又何必害怕别人窥探自己手里的你呢？

如果不是有些人，心里一直有猜忌，失去了信任，产生了强烈的窥探的欲望的话，又怎么会去窥探你，让你变成一颗定时炸弹呢？

如果不是有些人，依旧有"先敬衣裳后敬人"的想法，有借外物去衡量一个人的习惯，你又怎么会变成他们口中装阔，甚至引起血淋淋卖肾卖身事件的罪魁祸首呢？

你不过是一个替罪羊，人们的借口罢了。许多人就是如此，从来不愿意从自身去寻找问题的根源和原因，因为找到了，就一定要改，要面对，要审视自己的内心，这样太痛也太累。所以一定要找出个替罪羊来，这也是让自己得以偷懒，不去面对自己最好的理由。

你对于我来说，是最好的工具，是这个时代生活的必备。我不会轻视你，也不会过分重视你、依赖你。因为我既不想落伍于时代，让你脱离于我的生活，也不想让生活的重心围绕着你来转。

我想，你大概和我一样，想让人们该聚会的时候聚聚，别坐在一起刷手机；节日的时候碰个面，而不是偷懒只发一条微信或短信；时常跟朋友们联络下，别让感情断了档；每天看看新闻，刷刷微博，但绝对不花太多时间在它们身上，也即不花费太多的时间在你的身上。

因为，你承受得越多，分量越重，就有越多的纷乱和纷扰。你如此，人也如此，人生也是如此。生命中总会有一些不能承受之重，而且有些承受不起的重，也不应该由你来承担。

这封信既写给你，也是写给那些有屏幕依赖症的人。科技素来是应该改变生活的，但一定是朝着好的改变去变迁，而不是去使生活堕落，使生活黑暗。

TO：墨镜——自我感觉良好，会让人格外强大

>>

  我有很多墨镜，我觉得每个女人，大概家里都有起码不下三副墨镜。

  一副是戴上去自己真心觉得舒服好看的；一副是造型好看却未必适合，但仅看外形就一见钟情，买回来后放在家里，却未必有勇气尝试戴出门，只能在家里偷偷对着镜子戴上过瘾的；还有一副是应酬和社交场合需要的，用黄渤的话来说，牌子货。

  这有点像女人心里对男人的感觉了。因为女人心里起码都装着三个男人，都希望自己的老公是三加一型，有款有型，既有里子又有面子，但很难做到。于是大多选了第一种或第三种墨镜似的男人做老公，把剩余两种分别派给了自己的男神和初恋。

  一直以来，我都觉得墨镜是女人的恩物，发明墨镜的人笃定会是个女人。它起码有几种妙不可言的实际作用：隐藏真情感，拉升魅力值，遮挡阳光和风沙，以及提升女人整体的气场。

　　我想不是一个人会有和我类似的感觉，出门迎面碰到一女子，墨镜遮住双眼，皓齿红唇，琼鼻坚挺，长发飘飘或短发飒爽，心中就被勾起了念头，觉得是一名优质的美女。但若有时间跟下去，得窥美女摘下墨镜的一刻，往往颜值会大幅度下降，有些甚至闪瞎人的双眼，令人眼前一亮的天然美女的确不多。

　　即此一项，就足以使墨镜成为女人们的必备选择。这比做整容，或微整形手术便利和节省，而且不用忍受手术的伤害和意外。上个街，暂换自己一时的风采，绝对让女人们愿意为此埋单了。

　　很小，还没有能力消费墨镜的时候，就对墨镜另外一个功能有着直观的认识。那时，从各种影视剧中总是能看到，影视剧中的地下党、英雄、上海滩枭雄，以及时尚剧中的帅哥、酷警，都是喜欢搭个墨镜出场的。墨镜随意挂在胸前或架在头顶的时候，就营造出了几分潇洒和不羁的气质，变成了一种宛若有魔力似的配饰。而戴上的时候，就像一堵绝缘的墙体一样，立刻掩饰了戴墨镜人所有的情感流露和表情。

　　眼睛是心灵的窗口，窗口被挡上了，就让别人很难看穿和揣测你的内心。这放在有些时候仿佛有些不恰当，但有些时候却是极需要的。人都有保护自己的潜意识，而保护自己最重要的，就是在心里留一些秘密和底线，不让别人彻底把自己看穿，这样才有安全感，否则，尤其对女人来说，被别人彻底看穿，变成一个透明的玻璃人，实在让人感到不安。好像大庭广众下在广场裸奔一样，内心会每分钟因为强烈的不安而崩溃掉的。

　　抛去女人最感兴趣的这两种用途。其他如遮挡阳光，不被风吹到眼睛等实际作用，反而只成了墨镜作用中不起眼儿的一部分，也即变成了辅助功能。但结合这些，你有什么理由没有几副墨镜呢？

　　只是，墨镜虽好，却也给我带来过不少的麻烦。想我入手第一副宽边圆形大墨镜的时候，是爱不"下"脸的。几乎时刻都戴着，不管是上街，还是上班，甚至回家对着电脑上网、看电视。

　　朋友对我说，你真有本事，就戴着它睡觉，一辈子也别摘下来。

　　我也敢赌气，戴着就戴着，我不相信戴着墨镜就不能睡觉了。

　　自我感觉良好，会让人格外强大，我竟然克服了以前戴着近视镜无论如何都睡不着的难关，戴着墨镜也可以酣然入睡，而且格外香甜。但至今，换上近视镜依旧没办法达到入睡的目的。这难免也有些太奇怪了。

　　这副墨镜，就这么胶粘一样用了好长一段时间。直到一次上班，按照惯例的路线坐公交，到杂志社。等电梯的时候，我听到有个不太面熟，应该才来几天的保安问其他同事："这个女孩是哪个公司的？那个公司真好，盲人他们也用。"而他的同事认真回答说："人家老板聪明，为了避税呗。"

　　立刻，心里所有的美好被粉碎。上了电梯就摘下了墨镜，心里对它却也不再那么喜欢了。

　　后来，墨镜越来越多。却又因为它，掐灭了我的一段姻缘。男生是朋友的朋友，一次聚会上，和我非常聊得来，我们都是生性散漫的人，爱好四处走走，追求自由，能最大限度地安排自己的生活。

　　他的面庞是有点希腊浮雕似的立体感，无论放在什么时代都算得上是俊朗的帅哥。最重要的是我特别喜欢他那种笑容，那种笑容没那么暖，却有一点邪和坏的感觉，每次他嘴角轻微上扬的时候，一个词就会浮上心头，不羁。

　　我们都央求共同的朋友多举办聚会，为的就是见面能开心地聊在一起。朋友最后被央求得腻烦。一语点醒了我们两个羞涩、没什么胆量的年轻男女。朋友说，你们俩想聊天，下次单约吧，我可不在中间当碍事的传声筒了，我很忙，哪儿有空天天陪着你们玩。

　　被戳穿了心事，索性就有些放开了手脚。于是单约，女儿心就开始作祟。聚会时，是尽量让自己看起来更随意和休闲一些。单约的话，我觉得应该在装束上更精心、更用心，展示自己最美好的一面给他看。

　　所以花费了一个下午，挑选衣服，化妆，似乎灰姑娘要去参加一场隆重的盛会一般。临出门的时候，想了又想，总是觉得好像差了点什么，目光扫到衣橱里的大大小小的墨镜，恍然大悟，又磨叽了不少时间对镜试了又试，郑重地选了一副才安心出门。

　　只是那场首约，以不太愉快而告终。我心里酸酸的，不知道为什么我们两个人单约的时候，他会显得有些心不在焉，话也没有在聚会中那么多。一直怀疑是不是自己会错了意，表错了情，我和他之间其实没有什么可能。

　　郁闷地回去之后，就和他慢慢断了联系。其实很多有可能的感觉，以及适合你的人，都是在我们年少的时候，因为脸皮薄，不愿意委屈自己而弄丢的，不知道这算是损失，还是应该算是成长的一个部分。

　　时间大概过去了三个月，朋友又约我去参加他的生日聚会。我找个理由拒绝了，他很纳闷儿，这几乎不是很喜欢热闹的我能做出的事情。随后，他明了了，然后我也明了了那次和心中男神单独约会为何会氛围冷淡。男神在这次我未曾到的聚会上，在朋友问他最近和我联系没的时候，摇了摇头，说出了忽然对我冷漠的原因。

　　他竟然有一个固执的标准，就是永远不跟和自己吃饭、聊天时戴着墨镜的女人做男女朋友，因为他觉得，那样的女人在刻意隐藏自己，不够真实。我真有想哭的冲动，那一天实在是一个女孩过于欢喜到不知所措而忘记了取下墨镜而已。

　　那之后，许久一段时间，我都没有再碰过墨镜。对它的感觉下降到了冰点以下，一直觉得它有些不祥，净给我带来一些让人误解的东西。

　　到了北京后，盛夏，日头很大，而且有风沙。初来的那个夏天里，我被北京要晒化人的阳光和逼人的风沙逼出了迎风流泪的毛病。一出门就边走边擦眼泪，可能在路人的眼里，永远是个遇到了伤心事，需要一个人流泪宣泄的女孩。

　　然而这么久了，眼睛里就被擦出了满满的血丝，像一只兔子一样标准的红眼球。上司几次劝我，说不舒服就请假休息几天，而新同事们则觉得我是得了红眼病，再三地告诉我有了这病，千万不能去游泳。

　　我有点不好意思地告诉他们，我的眼睛红，和红眼病无关。于是上司有些恼怒，把我叫到办公室，声色俱厉地把一副墨镜扔在我的面前说，你这么大了，自己应该知道照顾自己，连副墨镜都买不起了吗？买不起我送你一副。以后上下班路上都给我戴着！

　　墨镜回归，戴上墨镜出门果然舒服了许多。于是真的开始再次接受墨镜，只是觉得之前对墨镜的种种感觉都淡了，剩余的就一个要求，它能起到保护我眼睛的作用就足够。

　　实际上认真想想，很多事情，都和墨镜一样。它们本来是简单的、单纯的，有自己实际的功用。可是我们的内心太仰慕繁华，所以反而忘掉了它最本质的东西，去追逐那些不切实际的东西。于是，累了，伤了，痛了，就把这东西打入冷宫，认为是它的不好。而其实，不好的不是某样东西，而是我们对它的过高要求和贪婪。

TO：淘宝对账单——女人需要一点小乐趣

据说，如今最让女人后悔和懊恼的，不是男友无理由提出分手，而是每年看到你的时候，就有撕心裂肺以及剁手的冲动。

剁手党日多，你就是罪魁祸首。总是能让人眼前一亮，产生原来我花费了这么多，真心有点太败家了的冲动。

为了对付你，网上的奇葩招数频传，诸如在网购打折时自行输错密码冻结银行卡；找朋友代自己下手摧毁家里的电力系统；甚至没事多看贫困山区的新闻和图片，感受一下自己的生活不能如此奢靡的自责。

基本上都属于无用功，别问我怎么知道，我在今年和你约会后，如今正等待着一把锋利的不锈钢双立人刀被快递送来，决心要跟自己的手做个告别。

女人,可能天生的基因里就有化不开的购物狂元素。我几乎可以说,所有女人都有购物狂的潜质。

而网上购物平台的出现,给女人们带来了极大的购物便利性。以往工作日,是没有时间去逛街血拼的。而如今,哪怕喝咖啡的一点时间,也足以让人刷上几遍网页,寻觅那些图文并茂、极具诱惑力的商品信息。

怪不得有人说,过去女孩子伤心时,最好的办法是让爱的人给她一个拥抱。而现在女人伤心时,只需要一个电话说,你的快递到了就搞定。

我曾想过从根源上寻找解决这个问题的答案。那么问题来了,女人在网上购物,到底买的是什么?

日子有两种过法,一种是满足日常生活的需要,就能平淡安稳快乐幸福。而另一种则是无度的储备,遇到自己喜欢的东西只要消费得起就通通拿下。当然,后者对钱包来说是一个灾难。而你也就是这么诞生的。

我所听过最美丽的解释,是一个朋友的男友对她网上购物的纵容,他的理由是,女人应该有自己的一点小快乐、小任性和小爱好。

实际上,女性和男性相比,在购物上完全是感性的。我翻了翻自己屋子里堆积着的各色物品，绝对能从中发现不少当初一见钟情心里长草，到货后发现没什么用处只能闲置的东西。

女人在网上购物，大笔的开销并不多，只是一些小玩意儿、小东西。单个的价格都不算昂贵。之所以控制不了花销，就是因为数量引发了质变，一天收到若干快递的体验我有过，俨然是一个又一个的开心时刻。

如此想来，朋友的男友那句话是有几分道理的。

女人可以分为两种，我要说的不是白富美或者矮矬穷，也不是萌妹子和女汉子。在我这个年龄的人看来，女人分的两种是有伴的和没伴的。

对有伴的女人来说，网购的意义侧重于享受和检验。看看伴儿是不是对自己这样网购有抱怨、有怨言，体会一下他对自己的爱和呵护。也是撒娇、刁蛮，给相处增加一些情趣的小手段。

当然，也不排除有些时间，因为矛盾和争吵并不顺心时自我的消遣和排解，这总比两个人都不冷静下来，撸胳膊挽袖子，让矛盾升级强。

而对没伴的单身女性来说，网购则是一点对自己的犒劳，以此来消耗时间，冲淡孤单和寂寞，是一种自我调剂生活状态的手段。

并且，它还同时是人际交往，跟别人交流的手段。是话题，是谈资，是可以跟身边人分享的财富。我不知道有多少人体会过这样的感觉，原本只是接触不久，或关系没那么亲近的同事和熟人，如果谁为谁推荐了一款产品，两个人都网购了，然后接下来就觉得似乎有了共同分享的东西，关系立刻有所递进，并且长期有了可以讨论的共同话题，网购变成了很好的人际关系的润滑剂。

简单来说，就是网购能让我们在大多数时间忙碌，会遇到窝心的事的时候变开心。我觉得女人应该保留和拥有这样的权利，而男人们也不该反对和有什么怨言。

毕竟，男人们想要找点乐子的时候还有游戏、找朋友喝酒，运动等诸多途径。而女人们则大都不爱游戏，喝酒又很危险，所以必须用另一种方式，来维持自己的好心情，寻找到一点生活中的乐趣。

最近欣闻，马云从去年的国内福布斯排行榜第四，到在纽约上市后跃升为国内首富，继而又财富超越李嘉诚，成为华人首富。作为站在马云背后的亿万个女人之一，实在是感到高兴。

我觉得，马云之所以成功，是因为他足够聪明。他敏锐地抓住了女性所最需要的小快乐和小开心，所以得到了女人们的支持。不富才算怪了呢！

写完这段文字后，我心情豁然开朗。忽然觉得，即将到货的双立人刀也会沦为无用的东西。而你，淘宝对账单"童鞋"，再次面对你的时候，我也有了一丝淡然。

女人应该保持这么一点拥有乐趣的权利，女人，就应该，不断地去花上这么一点小钱。只要保持快乐的心情，这可比花费大笔的钱去做美容和保养合适得多了。

章二 冷眼

⋙

我想，这个城市所有人
都知道自己的无能、无奈和悲哀
要自由就必须承担漂泊的苦
就像我们知道，
我们爱上的其实只是自己的爱
而不是眼前的那个人一样
我们总是在委屈自己去接受一些
不愿承担的事情
可是，就算整个世界都与我无关
我还是可以感动我自己

岁月何曾饶过人？过了某个阶段之后，你会发现自己明显地就发生了变化，身体再也耐不住那种强烈的刺激，否则就会给自己带来麻烦，影响到健康。而心态上，也会越发平和，哪怕这平和是带有些无奈的。你知道，自己再也没有时间和本钱去追求刺激，只能换一种态度来面对接下来的生活时，自然会品出过去以为的那种寡淡无趣中带来的真味，发现它更加适合你。让日子变成一种绵软、温和、和顺的状态，而你再也不会对这种状态厌恶和不喜欢。

人总是要成长的，成长必然是要付出代价的。这代价是激情，是放弃过去曾经迷恋过的东西，是放手，是抛开那些对自己有害的诱惑。做得到，人就成熟；做不到，就变成了幼稚，幼稚得有些愚蠢。

TO：火锅——人生没有多少必需品

〉〉

18 岁的时候，她已经在北京这个城市混得不错了。16 岁从浙江独自进京，没学历，没背景，没人脉，只有随身携带的几万块钱和两大包衣服。

家里人世代从商，并不觉得她对读书这件事兴趣寥寥是什么重罪。只是爹妈送行的时候跟她说得很清楚："你心大，又有弟弟，所以家里有点钱也耐不住你这么折腾。这些钱就当是你的嫁妆。现在给了你，以后就没了。"

她心里是有闯劲了，认为既然要闯，就不要窝在家乡这个小地方。而她的见识中，大地方无非就那么几个，国内北上广，国外纽约和伦敦。甚至连温哥华、旧金山，乃至悉尼、墨尔本、东京都不知道。

到北京的第一站，她就去了动物园。真正的动物园，而不是批发市场，看了熊猫和大象，觉得北京真的没来亏，值了。

　　然后她就开始摆摊，出没于各个地铁站地下通道和出口处。两个动作很快让她侠名满天下。遇到地铁站附近出没的乞丐必给钱，给钱多少取决于当天生意好赖，起步价五元，有时也飘出一张百元大钞。遇到城管执法必抗争，曾举着高跟鞋，光着一只脚把一个壮硕的城管追得到处乱窜。

　　她找到我的时候已经有了几个铺位，雇了十几个店员。店员必是外地来京北漂的，而且她招人有些《唐伯虎点秋香》里太师府用人的味道，谁落魄、谁惨，谁被录用的可能性就极大。

　　安稳下来的她想出一本书，想说说来北京后经历过的那些事，那些不靠谱儿的人，各种看不惯的脸。这种书是没人愿意接的，吃不到羊肉反而会惹一身骚。

　　而我刚工作，被指派过去做这种吃力不讨好，且根本不可能有成绩的工作。

　　她跟我说："你吃什么？咱们边吃边聊。"

　　我脱口而出："你这人怎么不按套路出牌啊？"

　　然后她强拉硬拽地非要请我吃饭，似乎不吃就是踩了她的面子。不得已只能跟她去了附近的一家重庆宽灶火锅店。

　　坐下，点菜，她要了最辣的锅底。根本没问我吃不吃辣。后来熟了，才知道她这么做的理由是，吃火锅就是吃个爽，不辣那还叫火锅吗？

　　看着一层厚厚的红油发愁，等锅开的时候，她问我："你来北京多久了？混得还行吧？"

于是我们角色互换，她听我讲了两个多小时的故事，发了两个多小时牢骚。然后拍桌子，用跟她娇小身材、青葱年龄不符的语气说："就这个样！"

我和她成了朋友，而且是特别好的朋友，原因就是我当天和她一人喝了一瓶牛二。

我喝到迷迷糊糊，她视若等闲，大叫店家再来一瓶。

在我的手机里，她的名字变成了火锅姐。这也成了我对她的称呼，逐渐认识的一些她的身边人也开始这么喊她。她不以为忤，反而自得。

这么称呼她，对我来说是因为她每次吃饭全是火锅，可偏不见上火、起痘、口腔溃疡。不熟悉的真不会以为她是江南的美女。

她谢了我一顿起名酒，自我解读自己火锅姐的内涵，一是暖，对谁都热情；二是辣，有什么事坚决不让人。

我常有些为她担心，这样的女孩，是不大容易恋爱的。很多男人也许会被她吸引，愿意跟她玩玩，但谁能和她过那么一辈子？

火锅姐的初恋来得极快，认识我不久就开始了。莎士比亚说，年轻女人的恋爱如浇了油的干柴，一遇火苗便迅速燃烧且不可控制。

她聚了一帮朋友吃饭，带去的那个男人，黑瘦但极善花言巧语。貌似是风月场上的常客。

我等以为火锅姐是要我们为她把关，吃饭后私下找机会对她点评规劝。她一拍桌子："要是想说，回去当着他的面，有啥你们说啥。要是只跟我一个说，那就别开口。不然咱们就连朋友都没的做！"

那个男人，姑且称之P，自始至终，我都觉得P是个骗子。认识火锅姐之后，P迅速辞了工作，借口是帮火锅姐打理他们自己的事业。

大大咧咧的火锅姐放心大胆地把财权都交给了P。给他买了车，置办从头到脚一新的行头，再见时俨然已经是一个成功人士了。

P极懒，所谓打理，不过是到各个摊位和有几分姿色和年少的店员调笑，或对着电脑玩游戏。而且交际颇多，每周有五六天都要应酬，开车潇洒而去，醉醺醺地回来，每次都是他来埋单。

我绷不住警告火锅姐当心人财两失，她却笑笑，说我的就是他的。

火锅姐不挑剔，P却开始挑剔自己的财东。嫌弃火锅姐没文化，不会发嗲，不会撒娇，没有情趣。

我去火锅姐店里拿衣服的时候，亲见P呵斥火锅姐太俗，是典型的扶不起的小市民。

火锅姐拿着为P特意打包回来的砂锅，站在那里赔着笑。而P觉得有格调的人，午餐也应该来块牛排，搭配二锅头。

爱屋及乌，恨屋也及乌。P同样看不起火锅姐的亲朋。不少家乡来的亲朋到北京，都愿意找她落脚、资助。可P出现后，就常常尖酸刻薄地冷对火锅姐的家乡人，直斥为乡巴佬。

火锅姐想解释，讲讲道理，P则大怒，似被触怒了龙颜的皇帝，破口大骂："你傻啊，凭什么让这些人花咱们家的钱，我赚钱多辛苦，你没看见吗？你是想让这些孙子白拿钱，然后把我累死？"

但，P的狐朋狗友打着借的名义三番五次地来拿钱，他反而不再提了。

　　P的狐朋狗友和他几乎一样奇葩，有人每月把这里当成了财务科。死皮赖脸地拿钱不说，而且醉醺醺地扯着嗓子跟P说，这点钱，靠咱们的关系，你好意思让我还？

　　火锅姐看不惯这种无耻行为，横眉立目想说话，却被P一个眼神就瞪了回去，眉眼温顺地变成了甘受委屈的小媳妇。

　　我恨铁不成钢，抱怨说你火锅的辣到底哪儿去了，现在怎么看怎么不像一个视满锅红油和辣椒如无物的英雄。

　　慢慢的，我们淡了，我觉得她在爱情里是那个扶不起的阿斗。而她也觉得我恐怕实在是有些狗拿耗子的嫌疑。

　　只是偶尔吃饭，火锅姐还是会选火锅，但已不是辣锅。而是变成了老北京的涮肉，没有辣椒。因为，P说过，涮肉才代表老北京的文化，是高大上，不知道东来顺和阳坊到底给了她多少广告费。

　　我和火锅姐的决裂，是因为我对P动了手，这大概是我从小学之后，唯一一次跟人动手了。我遇见P和火锅姐的一个年轻的女店员相互搂抱着进了宾馆开房，实在绷不住，给火锅姐去了电话。结果她竟然告诉我，是她让P和店员去拿货的。

　　拿货拿到了宾馆，这个理由我也是醉了。我忍不住去前台质问等房卡的P，他一脸不屑地用鼻孔看着我，我上了手，把他脸上挠出了几道血印。

　　晚上我想再劝劝火锅姐，这个火坑不能跳，结果电话一直占线，用微信被提示不在朋友名单内，我知道，她把我拉黑了。

没想到，爱情比人生地不熟的落脚地还凶险。让一个聪明、暖心、泼辣的女人变成了这副样子。

许久没火锅姐的消息，我想大概她是吃了秤砣铁了心地要和Ｐ继续下去了。我为她的未来担心，不知道到底会过成一种什么样子。

再接到火锅姐电话时，我已经换了工作。她约吃饭，风风火火地要我半个小时必须赶到。

尽管对她之前拉黑我的事还有些耿耿于怀，却又不想真的让她这样一个女孩伤心。我去了，她有些瘦了，有点憔悴，叼了根烟，正站在街边跟一群人吵架。见了我，还愤愤不平地说，这些人，有老头儿摔倒了连扶都不扶，还一个个躲得远远的！

她让我和她一起把老头送到医院，花钱安顿好，打电话通知家属。所幸没有遇到讹诈人的"碰瓷党"。而我看着她忙前忙后的样儿，功成身退不耐烦地摆摆手让家属不要感谢自己，拉着我逃也似的离开医院。我忽然觉得，那个从前的火锅姐又回来了。

我们吃的是重庆火锅，辣锅，火锅姐特意叮嘱服务员再多放一些辣椒。依旧是一人一瓶二锅头，不过这次她要的是大瓶，看我皱眉头，她拍着胸脯说，你随意，喝不完都是我的。

大概是压抑了太久，她急需找一场醉吧。

那天她真的喝多了，撸胳膊挽袖子拎着酒瓶找附近的食客喝酒，最后甚至蹲到了桌子上。

　　她哭，疯子一样号啕，然后骂骂咧咧地跟我讲她从小到大的故事。她跟我说："北京涮锅吃着不舒服，一点劲都没有，尤其是那小料，芝麻酱一样含含糊糊、黏黏糊糊、温吞吞的，不好。"

　　我没问她到底是怎么了，遇到了什么事情。我只知道，那个过去的她回来了。还是那个我熟悉并喜欢的她。

　　之后，我们回到了从前，她好像忘却了之前所有的不愉快。P从她的店里消失了，但那个店员还在，只是做事更加殷勤。

　　这段故事我没询问过她，因为她想说的话，就会直接告诉我。

　　但这就足够了，就像火锅一样，暖和辣，是她的好。人不能卑微到把自己的好全毁掉，为了得到另外一样东西，不管那东西是什么，连爱情都不例外。

TO：火车票——漂泊是为了更好地安居

女孩一直留着你，有四百多张。时间是近五年，照她说是58个月。

这意味着每个月她大概要坐8次火车，4次往返，最便宜的硬座也要花上1500块钱左右。而她的月收入，大概一半以上都交给了铁道部。

她是富家女，有点叛逆。用她自己的话来说，大概18岁之前，从来没有为钱发愁过。她那个有些谢顶的土豪老爹对前世的情人颇娇惯，给零花钱都是从来不数，按沓拿的。

认识她的很多人，只看到了她的落魄，觉得她的话都是吹嘘和YY。我则不然，因为和她关系较好，走得较近，所以认识不少她过去的同学和朋友，知道在初中时，她就有在书里夹钱的习惯。厚厚的英汉词典，每页一张百元的，夹得满满的。

她来北京，住半地下室，室友和邻居多是按摩房的洗头妹、KTV

里的包房公主。她们想过诱她入伙，可是全都被拒绝了。

　　地下室的潮湿，让她全身长满了疙瘩，痒得难受，只能一个劲地挠个不停。但还是咬着牙，在我那里做了一名月薪两千多块的实习校对员，这是她的理想，她想做一名三毛那样的作家，而理想的另一部分，是找一个属于自己的荷西。

　　她总是借钱，问同事借，上司借，财务借。钱虽然没了，但以前的脾气和习惯还在。送我的第一份礼物，是香奈儿的包，据说是典当了自己的一些首饰才凑够了钱。

　　我问："这是不是太贵重了？"

　　她说："小玩意儿，就是玩，你要是不要，我就把它扔大街上，看有没有人捡。"

　　她土豪老爹我见过，是气势汹汹地杀奔我们这儿的，进门就大喊："×××你给我滚出来。"

　　我不知道到底是为什么，她被娇惯她的老爹断了财源。也不愿意问，我坚信每个人心里都应该有一个只有自己才知道的秘密。

　　她勤奋、用心、大方，所以在这里还算不错。只是，因为对文字实在没什么感觉，一直没有如愿地从校对变成编辑这个技术工种。

　　她没放弃，每天都要坚持自己写一点东西，然后黏着别人念给别人听。而且只许批评，不愿意听表扬。后来大家都有些怕了，她就用各种礼物和吃饭诱惑大家。

　　我见过她疯魔的样子，在北京下班晚高峰时的地铁上，被挤得前胸几乎都要贴了后背，但她旁若无人地朗诵自己刚写的诗：秋天到了，落叶黄金片一样地在风中凋零，飞舞……

我不得不低声提醒她："黄金多重啊，能在风中凋零，飞舞，那起码是得刮台风！"

这么一个孩子，大家被纠缠时会有小烦躁，但更多的却是喜欢。没有心机，单纯的白纸，可能我们不能这么活着，却是每个人心里向往的样子。

所以，她最让人诟病的，大概就是经常请假了。没有理由，因为她不会编造什么理由，但是焦急，每次都说非请不可。不管领导准不准，在她看来我打过招呼了你知道了就可以。

然后就是匆匆地走，去哪儿，干什么，我们都不知道。只能根据她再出现的时候，在办公室里分发的零食来判断，有巴旦木那差不多是去了新疆，而有鲜花饼则是去了云南。

一段时间内，社里甚至谣言频传，各种推断。有的说她是装穷，可能真喜欢文字，所以她的土豪老爸要收购一家社给她玩，现在她处于微服私访阶段；有人说她"旅炮"，走遍全国都不花钱；最有鼻子有眼的，就是传说她在外面有个当摄影师的男友，两个人是异地恋，所以摄影师到哪儿，她就会去哪儿看他；还衍生出了一种猜测，她的摄影师男友实在太穷，入不了她土豪老爸的法眼，而土豪老爸则一直逼着她嫁给另外一个土豪的孩子。

猜测多了，差不多连自己也会相信了。她不在的时候，大家会自行脑补哪种可能贴近现实，而且有人说得活灵活现，有鼻子有眼的，看到了她和摄影师男友在街头逛街，那男人肤色古铜，高而且瘦，五官有雕塑的感觉。于是大家都笑："你说的那是古天乐！"

土豪老爸多次造访我们这里，却一次也没有成功抓到过她，每次走的时候都很愤慨，恶狠狠地警告我们不要把她藏起来。我跟她土豪老爸对峙过，说她是人，又不是什么毒品和货，我们是出版社，也不是走私的，让她土豪老爸看我的神色更加不善。

直至有一天，她忽然又来问我借钱买火车票。但这次她跟我说，可能不会回来了，谢谢我这么长时间以来对她的照顾。她要我告诉其他同事，欠大家的钱一定会都还回来的，也希望大家不要忘记她这么一个人。

说话的时候，她有些眼圈发红，声音也有些哽咽。

她走了，我心里闷闷的，被什么堵了似的。仔细想想，她离我们这么近，似乎我们从来没有走进过她的内心和生活。

社里的杂活没人干了，再也没人请吃饭、送礼物，在办公室里分享小零食。也没人再黏着编辑们，要求批评自己写的字和文章。大家忽然一下变得不适应，觉得似乎习惯的生活忽然少了一个角，缺了什么东西似的，提起她，于是都有些唏嘘。

有人说，她走了，是因为摄影师男友和她掰了。分手的原因，是土豪老爸找到了摄影师，拿支票砸得摄影师决定让爱情向金钱低头；有的说是她屈服了，因为从小大手大脚，娇生惯养，终究过不惯苦日子，回去嫁给另一个土豪的儿子，才是她最好的归宿。

我感觉，她虽然像个谜，却不会是因为这些事情而来而去的。只是这些说话的同事电影看得太多了，连揣测都如此狗血。

后来，她打来了钱，所有借过的钱都双倍还上了。还寄来过信，是她写的几万字的小说。这是她的坚持，她说文字是应该被尊重的，应该写在纸上，这让她有一种神圣的使命感，而在电脑上写东西，总是找不到这种感觉。随稿子而来的，还有一个小包裹，里面装着整整齐齐的四百多张车票。她说这是这几年时间的回忆，也是我们帮过她的证据，是一份情谊。

去年的时候，我又见到了她，在一个企业家的峰会上。她看到我很开心，拉着我聊了许久。我这才知道她接手了家族企业，整个人都胖了，也成熟了。但在我面前，谈吐还像那个小女孩，跟我讨论了半下午的小说和诗歌。

我在这次峰会上，听到了一些关于她的议论。她本不是土豪老爸的亲生女，土豪老爸因为妻子身体的原因不能有自己的孩子，而还在落魄时，在街头捡回了她。

他对她很宠溺，当成自己的孩子来看待，借钱买房搬离了原来住的地方，生怕她懂事后，听到邻居的议论。

她一直幸福而懵懂地生活了十几年，泡在了蜜罐子里。土豪老爸支持她的一切决定和追逐文字梦的梦想。

这本是一个幸福而完美的故事，命运让她在出生不久后被遗弃，却又补偿给了她一个更温馨的家和家人。但幸福却戛然而止，当年抛弃她的夫妻登门要认亲，为的是从土豪老爸这里拿到更多的钱。

土豪老爸起初为使她不受伤，愿意花钱消灾，并同意她的生身父母以远房亲戚的名义来看她。但那对夫妻贪得无厌，不断的索取让土豪老爸忍无可忍。他觉得，自己对她的爱，足以让她知道真相而不会有任何改变。

但没想到，她自己钻进了一个出不来的牛角尖里，任性地宣布不会原谅生身父母，但同时和土豪老爸断绝父女关系。她趁夜色逃离，到了北京，想靠自己活着，追逐梦想。她觉得全世界的人都在遗弃和欺骗她，她不想对任何人低头。

她的来来往往，她的无故消失，都是为了躲避土豪老爸。她似乎有特别的直觉和灵感或者说有内线，每次都能在土豪老爸突袭之前离开。

最终，她在土豪老爸中风之后，才被醍醐灌顶一样开了窍，忽然觉得自己太过于纠结和计较他对自己的隐瞒。所以她决定回家，而回家之后，看到土豪老爸卧床的样子，才明白亲情从来不是因为生自己的是谁而变得更浓厚，明白了土豪老爸对自己的那份感情。

她放开了一直要坚持的梦想，接手了家里的企业。变成了乖乖女，大概是为了弥补之前自己的错。

而我在峰会结束后，受约和她一起回家聚聚。我见到了那个曾经恶狠狠的土豪老爸，他眼神不再凶狠，但脑子却不太好用，据说已经又犯了两次病，有些糊涂了。

　　他已经不认识太多的身边人，唯独能让他清晰记得的只有妻子和女儿。当她进门的时候，那个木然的老人忽然笑了，笑得很是慈祥，口齿不清地说出了两个字，抱抱。

　　她抱着土豪老爸，把脸贴在他的脸上，土豪老爸的脸上散发出了孩子一般快乐的光泽。

TO：微信——只有你清楚，什么才是自己

你刚出现的时候，很诱人。能免费发语音，和别人交流起来能闻其声，赋予了你强大的磁场。

人都是喜欢新鲜的，对新鲜的事物极易尝试。于是别人推荐后，拿了我的手机，替我下载、安装，从此我就开始了和你约会。

做了没几天的潮人，我就猛然发现，自己不再屹立在潮流的巅峰。你以我想象不到的速度流传开来，连大家见面打招呼的话，都从以前的留个电话号码，变成了我加你的微信。

有人说，加微信比留电话更加稳妥。因为留电话，电话号码万一更改了，还要再行通知。但留了微信，任何一部手机上都可以用，都是老号，能少了不少麻烦。

"麻烦"这两个字，实在是全天下最让人厌恶和头疼的东西。人天性里都有些懒，有些好逸恶劳。

大概是这种天性作祟，有了你之后，电话便不大打了，有了问题就通过微信来沟通，方便，快捷。而且还有留言的作用，不会因为人不在，就说不成事，只能等待。

你越变越强大、越简单，从最初的文字语音，到现在能发视频，能视频通话，然后衍生出了朋友圈。在其中可以窥见关心的人的近况，知道他在做什么，在哪里，过得是否如意。

只是，问题也随之而来了。当年，手机短信的出现，就让怕麻烦的我们，把拜年和电话拜年变成了用一条轻飘飘的短信拜年。而有了朋友圈里能看到的消息，许多人变得更懒，平素若没有什么事，和朋友们连个电话都不打了，所有的交流都变成了闲暇的时候点一个赞。旨在告诉对方，我还在关心你，关注你，我们的感情还像以前那般稳固、完美。

其实，问题又何止如此？

朋友圈又变成另外一个战场。开始有人在里面经营商品，旨在把友情变成利润的来源；有人没完没了地开始转一些心灵鸡汤，想用美文替别人疗伤，顺便表达一下自己的人文关怀和文学造诣；还有人转发一些胁迫性质的病毒文章，一副你敢不转，你就有祸，或者对你家人不好的样子。人们开始了被无休止地炫美食，秀恩爱，去旅游，自恋地自拍刷屏的日子。

好好的社交地，变成了自留地。看多了也烦，但又无可奈何。

所以好多人开始厌恶你，说你变了，变得让人难以忍受。我，也是其中之一。

有一段时间，对你有更不良的说法。那就是微信完全就是为了约炮而生的，不知道哪儿跑来了一批猥琐男、情欲女，冒出头来，第一句话就是"约吗"。据说有不少人勾搭成奸，也有不少人完成了一夜之后就分手的"伟业"。

还有用你揽客的女人，出没于每个夜晚，打开附近的人名录，或者摇一摇，用自己搔首弄姿的照片，意图去招揽一笔笔生意。

那个时候，我差点卸载了你。只是因为那段时间，好像手机上装微信的人都有点不正经，值得用质疑的眼光去审视。用微信，或者拿着手机摇一摇的人都不纯粹，好像脸上写满了污点。

你被说得好像一片被用过后，抛在卫生间里的卫生纸，满身肮脏，皱巴巴的根本就不能沾染。

我听说过一件事，身边的一个女孩去相亲，对坐无言，只能把玩手机。结果被对面的极品男人发现她竟然装了微信，于是避之如蛇蝎，似乎一下自己的节操都被彻底玷污了！

说起把玩手机，大概一半的罪过应该算在你的头上了吧。我们可笑地去吃饭聚会，却对面相坐，不怎么谈心，而只是刷着朋友圈，或者跟其他人聊得热络，忽略了近在身边的朋友，却和远在千里之外的人交流沟通。

之所以没有把你打入冷宫，皆因我在那段时间，也遭遇了一次人生中的龙卷风。

　　不知为何，忽然冒出来许多人，对参加《非诚勿扰》的我指指点点。有人喜欢，有人厌倦。喜欢的能列出许多优点来，比如说真诚，敢说话。厌烦的自然也会说出许多缺点来，做作、不讨喜、长得不够漂亮，还拉了一大批奥运明星来显摆。

　　那段时间对我来说，也是一种煎熬。整个人犹如被扔进高压锅里的蟹，想逃也逃不出。

　　忽然有天半夜，有 N 条来自微信的关心，而且是那些平日里很少聊天的艺人朋友，那一刻，心酸酸的，也同时觉得暖暖的。

　　心里一下变得轻松了起来。何止是我，每个人都是这样，在别人眼里有着种种不同的样子。有人觉得好，有人觉得差。有人能找出喜欢你的借口，就有人能翻出厌恶你的十万个理由。但，别人嘴里的好与坏，喜欢与厌恶，其实都不是你自己，也不是你造成的。造成这一切的，是他们的眼睛，他们的心。

　　如果，我不会因为别人称赞，就变成一个值得骄傲的人，一个更加成功的人。也不会因为别人的诋毁，就变得一文不值，彻底地坏到骨子里去。

　　那么，你，微信也一样，虽然你只是一个 app，也不会有人说你坏，你就真的差到不能提起。

　　人和物都是一样的，有给别人的便利，就有带来的烦恼。别人享受你的好，就要承担和你在一起引起的麻烦。

　　正如一把刀，有人用来剁肉，有人用来杀人。刀会误伤到手，可

是这些都不是讨厌或喜欢它的理由。只要好用，那用就是了，不必有
其他太多的杂念。

　　我安装了你，使用了你，照见了自己，也照见了别人。我开始学
着去接触那些被人称赞的人，不胆怯，不完全相信；也学着去接受那
些被很多人诟病的人，不抵触，也不躲避。

　　这是一堂课，却不能死记硬背，只有想清楚了，想通了，才能懂
得如何去执行，如何让自己在生活中变得用自己的心和眼去观察这个
世界，而并非只用自己的耳朵。

　　我依旧用你，用得乐此不疲。享受着你带给我的快乐，屏蔽掉一
些人的朋友圈，设置了加好友的申请。规避掉了所谓的烦恼。

　　人生自当如此，留下那些好的事，尽量避开那些烦恼的事。对吗？

TO：可乐——激情不能给你一辈子

六岁，我第一次接触可乐。玻璃瓶子装的，看着里面黑黑的液体，有点不敢尝试。花了"大价钱"让我长见识的爸爸说，这是进口的，好喝。于是壮着胆子猛灌了一口，觉得味道怪怪的，然后一股特别刺激的气从鼻子里蹿出来，让人难受得想哭。

于是，你让我明白了，我是个不折不扣的"土包子"。有好东西都不懂得享受。

一直到上学、工作，可乐已经普及得铺天盖地，到处都是，我也再也没有尝过，而且自我感觉良好，认为自己不是一个为了名声、为了牌子响亮，就改变口感的俗人。万年不动地喝着牛奶和冰峰。

再次和可乐结缘，是在恋爱之后。彼时疯狂地爱上了一个男生，他打篮球，英语好，而且懂得特别多。他最喜欢的饮料就是可乐，运动或出去吃饭的时候总是会要上一瓶。

人在真的心动时，必定是完全卑微的，觉得配不上让自己心动的那个人。会不由自主地尝试着向他靠拢，爱好他的爱好，习惯他的习惯，哪怕再苦，也想要靠他更近一些，觉得只有有了差不多的习惯，才能让他关注自己更多一点，相处得更融洽，爱得会更持久。

所以，我开始尝试学着看篮球，喝可乐，过一种别人喜欢的生活。时间久了，就熟悉了，习惯了。也慢慢觉得可乐的好，那种味道不再觉得怪。而且不喝的话，会觉得生活中总是像少了一些什么似的。这大概就是所谓的上瘾吧。

从此，远离了牛奶和冰峰，觉得喝起来不过瘾；也不再爱白开水和矿泉水，认为它们总是差了那么一些味道，寡淡无趣，找不到任何刺激的感觉。

当你不爱的时候，会有人诱惑你，告诉你一件事多么好，多么有趣，多有价值，让你去尝试。当你习惯的时候，又会有人告诉你，这件事其实有害处，你一定要谨慎，甚至是这件事你根本不要去做。

就像喝可乐一样，我的生活里被可乐霸占了饮料和水的霸主地位后，不时会有人诧异，你怎么这么爱喝这种小孩子的玩意儿，或者说这么爱喝这种垃圾的饮品呢？还有人会翻出各种视频、新闻和资料，严肃地告诉我喝可乐太多会造成骨质疏松，对牙齿也不好，增加肠胃的负担，等等。

只是，一来我对这些说法不大相信，也不愿意多想。二来，喜欢上了那种口感和刺激，实在有些停不下来了。这些话就犹如东风过马耳，没有起到多大的作用。

我的那段恋爱，来得轰轰烈烈，去得如同疾风。现在想来，那大概只能算是彼此有了好感，根本算不得一段爱情。两个年轻的人在一起，吵吵闹闹，打打嚷嚷。好的时候恨不得黏在一起，恼的时候不惜恶毒对骂，大打出手。只是，就算恼了，也会迅速好，然后更加炙热激烈。

这段感情，就像可乐一样，很刺激。

但注定，太狂热、太刺激的感情不容易长久。因为习惯了那种疯狂，一旦稍有疏忽和懈怠，就会明显感觉到受了冷落，就难以忍受，最后开始彼此怀疑，最终只能在高潮散去之后，连一点余韵都不曾留下，黯然结束。

现在我喝可乐，不那么猛了，开始渐渐地重新接受温和一些的果汁、饮料，最爱的变成了清茶和开水。

不是因为别人孜孜不倦对我的劝导，而是自己吃到了苦头，吃了冷东西，再喝了可乐，结果发现肠胃已经无法承受，腹痛，奔波医院，给自己找了不少麻烦。

吃了苦头，人就自然会收敛，然后明白了不少道理。可乐这东西，应该是属于年轻人的，年轻人需要的是刺激，他们有本钱，也有时间去寻求刺激，也承担得住刺激所带来的一切后果。

岁月何曾饶过人？过了某个阶段之后，你会发现自己明显地就发生了变化，身体再也耐不住那种强烈的刺激，否则就会给自己带来麻烦，影响到健康。而心态上，也会越发平和，哪怕这平和是带有些无奈的。你知道，自己再也没有时间和本钱去追求刺激，只能换一种态度来面对接下来的生活时，自然会品出过去以为的那种寡淡无趣带来的真味，发现它更加适合你。让日子变成一种绵软、温和、和顺的状态，而你再也不会对这种状态厌恶和不喜欢。

人总是要成长的，成长必然是要付出代价的。这代价是激情，是放弃过去曾经迷恋过的东西，是放手，是抛开那些对自己有害的诱惑。做得到，人就成熟；做不到，就变成了幼稚，幼稚得有些愚蠢。

至今，我还会不时地买一瓶可乐，只是大多不会自己喝。只是拎在手上，或者放在包里。有时候会盯着它看，这在别人眼里，大概是一种极其古怪的状态。

当有人去买饮料的时候，会问我："果姐，要不要给你捎瓶可乐？"我却又总是拒绝。

自己买，对着看，是我对过去的缅怀。我喜好过去那个充满了劲头，追求刺激，宁要高潮不要平淡的自己。那是我一直想要保持着的状态。只是，理智和现实告诉我，那些在现在都很难再得到。

拒绝别人买，是一种坚定，我心里明白，现在我最应该做的是什么，一种什么样的生活才能让我将来过得更舒服，这是自己做出的选择，不后悔，不回头，没有放手，就没有得到，更别去谈什么未来。

一瓶可乐，实际上就是一次人生。对可乐的态度不同，实际上就是一次人生中不同阶段所带来的不同的感悟。

　　只是，最后却想建议所有人，在你能负担得起的时候，不妨喝喝可乐，寻求刺激，拥有激情。没有了这感受，人的一生难免太循规蹈矩，会少很多值得回忆的片段。

TO：汽车——拥有不一定是幸福

〉〉

　　我想，大概许多人都曾经想过要拥有一辆汽车。在有这个想法，以及这个想法最强烈的时候，一定多是为了心中淡淡的虚荣。这事实你无法否定，而且不要不好意思，虚荣心人人都有，只要虚荣得不太过分，反而会成为人生的一种动力。

　　QQ汽车曾经大红大紫，风靡一时。倒不是因为它质量有多好，无非是价格低，加上最初的广告语直击人的内心罢了。你人生的第一辆汽车，啧啧，意味着你花不多的钱，就能跻身有车一族。

　　尤其是在过去，私家车还少的时候，有车就是有面子，就是一个人成功的佐证。开车来的和骑车来的这两句话一比较，顿时后者哪怕生活过得比前者还殷实，也会在感觉上被甩出若干条街去，难免觉得被人小觑。

　　人年龄不同，阅历不同，对车的需求也不同，买车的理由和选择更不同。但起码，需要一辆车的感觉是相同的。

少年时，刚出社会，为虚荣，只想有辆车，经济拮据，贷款也要圆这个梦。

中年时，买车就不是有了就可以，而是要选牌子，看价格。买车的时候常常是事先做好了预算，最终看来看去，觉得不过加不多的钱，就能买个更中意的，所以就自然升格，最后付款时，发现已经超出了预算一大截，还要安慰自己，买就一步到位，多花几个钱没什么。

到了事业有成，不用再为车的牌子计较时，买车才单纯地只剩下了出行方便的需求，乘坐要舒适，自己要有眼缘，其他的都不在考虑当中。

我对车的渴望，曾经达到过一个近乎偏执的地步。那段时间，就是想买一辆车，风风火火地先去考了驾照，旷工去驾校上课。每天不再淘宝，觉得淘一些小玩意儿实在是小儿科，浪费时间。而是在网上搜索汽车的信息，看看哪个性价比更高，哪个造型我更喜欢。至于性能，对女人来说，大多都是可以忽略不计的。

车最终没有买，不是因为狂热的劲头过了，心里的草枯了，而是北京忽然开始限号了，摇号一个举动，就像一盆凉水一样，兜头浇下，给我来了一次降温。顺带，驾照也没考到。心里想着，又买不了车，不着急。

托过不少熟人，看有没有办法能拿到一个购车的资格。为这事请人吃了不少的饭，只是最终也没有能够达到目的。只能愤恨地无奈作罢。

　　然后，这个念头像冬天的草，潜伏在心中。耐不住每次出去赴饭局或者聚会后，别人开车送我回家时的诱惑，一到这个时候，心里就唰唰地向外冒草，疯狂得拦都拦不住。

　　去年夏天，和我一起学车的一个姐们儿忽然打电话过来，颇为得意地跟我炫耀，在她不懈的努力下，终于摇到了号，马上就要成为有车一族了。我还有些心酸，觉得落后了别人不少。

　　等她买了车，特意开出来约我吃饭，然后天花乱坠地邀请我和她一起短途旅游的时候，竟然对她有些羡慕、忌妒和恨了。

　　总而言之一句话，她很开心，我很不开心。

　　那种情绪蔓延了许久，不能消退。直到有次我到她家附近办事，巧遇了她，她要搭我一程，我们在北京的二环上，开始了漫漫的征途，短短的十几公里路程，竟然拥堵出了"少小离家老大回"的感觉。

　　好不容易到了目的地，竟有一种强烈的解脱感，感谢终于终止了这种折磨。我挥手跟她告别，看着她开车进了自己住的社区。然后去办了个简单的手续，出门，见到她把车开出来，坐在车里，脸色铁青。

　　我说我要去的地方远，就不需要她送了。她愤恨地说，小区里根本找不到一个可以停的车位，我才知道自己又表错了情，误会了人家。

　　我身边的朋友大多都是有车一族。所以每次录像都成了一次吐槽。从这个驾友身上切身体会了一把有车的烦恼后，再听大家吐槽也就有了感同身受的感觉。

　　有人开玩笑说，买车就是给自己找事，觉得是享福其实就是受罪。

开车出去吃个饭，逛个街，车停在目的地几公里外都是常事。跟别人有约会，如果乘坐地铁或者公交，提前个把小时出门，时间怎么也足够了。但要是自己开车，恐怕要提前两三个小时出门，能不能准时赴约还难说。

买车图个方便，结果车变成了最大的不方便。多少人买了车，却不能常开，只是搁在车位上让它落灰，为此还要支付保养的费用。若是用买车保养车的钱去打车，一个月怎么也用不完，而且还少了找车位、抢车位的烦恼。

大概这些是事实，也是谦辞。毕竟，有车有有车的好处。不然也不会有那么多人一直在摇号，盼望着能有一辆自己的车。

但于我来说，心态却平和了下来，对买辆车的心思也就淡了。怕麻烦，觉得也会不方便是其一，习惯了出行靠公共交通，觉得尚属便捷是其二。

别跟我提什么长途旅行，有车说走就走。高铁和飞机的普及，让汽车在长途跋涉上，变成了成本不低又最不舒适的一种选择。

车，不是生活的必需品，就像许多事，不是人生中非做不可的事情。这些事，你可以选择去做，也可以选择不做，都不会给你的生活带来多少妨碍。你有精力，不嫌麻烦，当然可以上手，上手后也许能起到锦上添花的作用。如果你不愿意面对麻烦，那没有也行，没有也照样能够生活得毫不逊色。

至今还会有人问我怎么没买辆车，买辆车会方便很多呢。我几乎都是一个回答，不好意思啊，不会开，等学会了开车一定买。

　　实际上，我对车已经不再挂牵了，也知道了对那些人生中不是必需品的事也可以潇洒地不去挂牵了。它诚然是一种诱惑，但抵得住，想得清楚，也不过如此。

　　做不做，都有理由去快乐！

TO：书——最便宜的贵族！

我是做图书的，从这个意义上来讲，算是图书的母亲，图书算是自己的孩子。

对于书，我的感情颇深，不次于对于孩子的喜爱。

至今，我还沉迷于那种捧着一本书、一杯茶，轻松悠闲地过一段时光的美好。那种感觉是无法言喻的，便是人生最好的时节。

我看书，写书，编书，策划书。

书几乎贯穿了我的前半生。我喜欢那种拿在手中的厚重，喜欢书上纸张和墨水清香的味道。

书能做什么？

首先能消磨时间，一本好书，是会让人矛盾的。从开始看第一页起，就被吸引进去，忘记了时间，忘记了烦恼。又会有种不敢继续读下去的感觉，生怕看完了，会怅然若失，这美妙的感觉消失得太快。

培根说过，知识就是力量。而书就是力量的载体，看书，哪怕是囫囵吞枣，不求甚解，也总会记得其中一二让你触动的言辞和观点，会发现，原来自己想要说又说不出的话，在这里别人能够表达得如此清晰又淋漓尽致。原来自己不知道的、不明白的那些事，竟然如此丰富和奇妙。

三能交流，看一本书，其实就是寻找共鸣，与作者交流的过程。像和一个朋友去谈心、聊天。你有你的想法，他有他的想法。他的想法与你相近，那就产生了一种遇见知己的兴奋；他的想法与你的相左，那就会让你不由自主地去思辨，到底谁才是正确的，他说的有没有什么道理或是被你所忽视的。

跟朋友熟人交流，让人愉悦。但若是遇到了尴尬的时候，话不投机，那就不好处理，讪讪地两个人都不好看。而唯独读书这种交流，你是不用为了面子而丢掉随时终止交流的权利的。这让愉悦更是增加了几分！

只是读书切莫功利，抱着临时抱佛脚的心，冲着书中的颜如玉或者黄金屋去的，非得到一些什么，不然就不甘心，不罢手。这实在是一种枯燥无味，又会令人厌恶读书的做法。

没了乐趣，成了任务，爱好就不再称之为爱好。只能变成一种工作，于是便也没了什么热情。

天下无书不能读，是一种境界，也是一种修养。对善读书、会读书的人来说，读书就是找乐，就是玩耍。不是非用到的书不能读，更不是非推荐的、经典的书不可读。

在我看来，所谓的人生必读的若干本图书的推荐，实在是对读书兴趣的干扰。这些不读不可、必读的书，如果不对胃口，强要捏着鼻子去读，或许适得其反。

有些书为什么读的人少？正因为它缺少乐趣，只有任务。就让人心里发沉。一本书，假如上了必读的单子，还要求读了有感悟，有想法，对有些人来说不一定容易接受。

无论什么书，拿来就读，不喜欢就丢。不必精研每个字的内涵所在，到了抠字眼非抠些什么出来的地步，那就不叫读书，而叫作学问，做学问这件事是苦旅，不是每个人都能做到的，否则，天下怎么才有寥寥不多的几个大家？

书是潜移默化，读书是自由撷取。读的书多了，知道了自己的胃口，有了自己的喜好，就等于有了读书的习惯。把读书当乐事，这习惯保持下来，就会爱书，才能从中自然而然地得到回馈。

奢想涉及太广，什么都有所涉猎，需要太大的耐心与耐力。人一生，读某种喜欢的书，读得多了，懂得自然就多，足以对你的生活产生巨大的影响，带来巨大的变化。

如武侠小说，喜读者多豪爽粗犷；如言情，读多了自然温婉细腻；如《论语》，品透了为人处世自见风度；《道德经》和《庄子》，喜欢的人性格潇洒。

无论是看似上不得台面的，还是被奉为经典的，对人的影响都有，这就是所谓的腹有诗书气自华，气质未必多高雅，也各自不同。但与不接受书香的人相比，当然显得出彩了不少，有鹤立鸡群的感觉。

有人说，想读书，可书价太贵。只是借口，何况横向比较起来，书价是极廉的。姑且不去说什么书是智慧的结晶这样的大道理，你消磨时间，出去唱个歌，吃个饭，聚个会，要花销多少？你听个培训，养成一种独特的心态，雕琢一下个人的气质又要花销多少？何必舍廉价取昂贵，又何须舍近而求远？

纸质书可读，电子书亦是书，也可读，完全在于个人喜好。有人如我，喜欢纸媒的感觉，那就买书。有人觉得电子书方便，便于携带，成本又极低，那就用手机和电脑读也未尝不可。反正读出来的都是知识，形式上的差别，在这里反而就显得不那么重要了。

往大里说，书何曾只是纸媒和电子书这两种形态？社会也是一本书，职场也是一本书。只不过需要你自己去品去总结，没有图书那么由别人说来，你借鉴一二那么轻松愉快罢了。

书，不能不读，不读则少了几分乐趣。不要说你不喜欢，你只是没有找准自己的胃口，才会有这样的感觉。

尝试一下，从自己的兴趣入手，选几本有趣的书看看。每天哪怕一小段，时间长了，你就会发现书的好处。

如今，这等由内而外、价格不高的欢娱，真的已经不多了！

TO：电脑——你能做到多少，就有多重要

〵〵

　　小时候，对电脑的印象，是个笨重的大盒子，笨拙、沉重、无趣。那时电脑还是个稀罕物，只能用 DOS 系统，想和它做朋友，只能死记硬背数百条的 DOS 命令，这个过程实在让人痛苦。

　　即便如此，在我上小学时，学校教电脑，是个噱头。非常了不起，在其他学校的小朋友面前，我就有了优越感。

　　但对电脑的确不喜欢，提不起学习的兴趣来。它那时候还只是在科研和计算上能用到。最大的好奇，也只是为何通过一些字符，就能让它显示出一个跨栏的图片或是小游戏。

　　对电脑，我一直不大精通。对它的原理更是稀里糊涂，一脑门儿的黑。许多事就是这样，你了解，才能找到乐趣，有乐趣，你才会喜欢。所以那时的电脑，并不讨喜。

　　我想，大多数人还记得背五笔字根的折磨，五笔字型输入法出现

之后，台式电脑基本上已经开始普及了。五笔用起来速度快，但是学习的过程很不方便，几次学校组织打字测验，我均未能够达标。

所以，直到那个时候，我还是觉得，电脑不会在我的生活中有什么影响的，对它抱着的还是一种抵触的态度。只是当时，身边的男生们对电脑的兴趣已经提了上去。原因很简单，有了名为《仙剑奇侠传》和《命令与征服》，以及《三国》之类的游戏。

工作后，开始频繁地接触电脑。它本身也有了很大的变化，体形变小，显示器出现了液晶的，操作更加简单明了，大多靠鼠标就能搞定。更重要的是，笔记本这样便携的电脑也出现了，虽然当时只是贵族的享受，但起码有了一个变化的趋势。

真正拯救电脑的，是它有了一技之长，开始上网之后，另一个虚拟世界的冲击，快速地帮它占领了我的生活，查资料、聊天、和来自五湖四海的人交流，快速地发 E-mail 和文章，使它变成了我工作上的帮手、生活里不可分割的一部分。

自然而然地，它就被我所接受并喜欢。从过去对它不屑一顾的态度，变成了有闲暇就会对着电脑。甚至在没有拥有自己的电脑之前，花费不菲的费用去网吧和它厮守。

如今，大概不消我再说了。电脑完全成了生活的必需品，你和这个社会、时代交融的一部分。我们工作要面对电脑，用它处理工作事宜；回家要面对电脑，用它来跟别人视频交流，在微博上发发牢骚，或分享一下自己的快乐；出门也要背着电脑，因为可能要看电影，消磨路上的时间，玩游戏，让自己轻松快乐一下。你可以说，没有了电脑你依旧能活着。可问题在于，你的生活不可能这么多姿多彩。

从最初的厌烦，到现在的喜欢；从过去的不屑一顾，到现在的不能离开。电脑完成了一次逆袭，用短短十几年的时间，就成功实现了惊天的逆转，凭借的是什么呢？

前一段时间，有几个粉丝在微博和微信公众号上留言问我：为什么自己和所有的人都格格不入？为什么大家都不在乎我的感受，不留意我？为什么我很难找到一份工作，长久干下去，更别提什么升职和加薪？

其实答案很残酷，也很简单，那就是你没有给别人一个需要你的理由。不需要你，怎么会看重你？怎么会关注你？怎么可能给你更长的时间？人大都是功利的。

我告诉他们，你们学着做一台电脑吧。如果你能让别人在工作的时候需要你的帮助，在娱乐的时候需要你的精彩，在交流的时候离不开你的协助，在放松的时候必须有你的参与，那你就会变得重要，就会让人离不开你。你想要的一切，都会有，都会由别人自发地给你。

像电脑一样逆袭,难不难？难,需要时间,需要过程,需要付出。你得丰富自我，更要清楚别人的需求，才能一点点懂得自己要做出什么样的改变，会让人接受并且喜欢，最后变成一个他离不开的人。

简单不简单？也简单，最关键的一步，就是你要有这种想法，并且迈出一步，而不是认为，我就是这样，我没有让人喜欢的天赋，我怎么变都是多余的，自暴自弃。你认定自己是一个不被人喜欢的人，那么就等于甘愿做一个不被人喜欢的人。你心有不甘，埋怨，没有丝毫的用途，改变不了任何现实，只能让人躲你躲得更远。只有开始去做，你才能把自己让人喜欢的因子找回来，只有看到改变后别人对你的认可，你才会找回信心，重新给自己一个准确的定位。

我从不奢望自己能变成一个像电脑那样无所不能的多面手。人不是机器，也没有那么多人为你的改变添砖加瓦。但这是你努力的方向，你可以做不到那么好，却不能不去做，不能让自己变成大多数人心目中的摆设。

你能做到多少，你就有多重要。这是电脑告诉我们的一个不折不扣的道理。做不到太多，可以做到尽力能做到的；做不到最好，但是要能做到有些方面无可替代。

人生是一场赌博，想赢就需要筹码。而和其他筹码不同的是，你可以随时为自己加磅。你的筹码越大、越重，你赢的就越多，得到的也就越多。

我在用电脑写完这篇文章的时候，正在筹划着换一台更好的电脑。眼下手上用的这台，速度有些慢了，外形也略显笨重。更轻、更薄、更快、更安全的电脑，对我来说拥有着巨大的诱惑。

你能做很多，也许一时很重要，但却不能停歇，如果你停步不前的话，也终究会被后来的更好的所替代，慢慢地降低你的重要程度，重新被遗忘在角落当中。

是的，多看看你的电脑，想想它有过的逆袭。也许，你会振作！

章三 热词

⌄⌄

被流传的，
一定有被流传的理由。
一个词，一件事，一个群体，一颗心。
不在滚烫的时候盲目地跟风上手，
才能保护自己不被所谓的潮流伤害。
要一些温度，
不过烫，
才是最好。

每季看米兰或巴黎的时装周，目瞪口呆地盯着台上模特的奇装异服，都会深感我不是一个时尚的人，也跟不上时尚的潮流，甚至对时尚不能理解。

我以为是自己老了，岁数大了，审美差了。直到有一天，国内顶尖的那么几个造型师之一、时尚达人尚涛在录节目的化妆间里跟我说，你何必这么虐心？不是是潮流你就要去赶，是时尚你就要去追。有适合你的跟跟也就算了，不适合的，非要去将就，那就是受罪。

在写这些热词的时候，脑子里这些话就蹦了出来。一句话，做适合自己做的事，不去追求那些不该追求的追求。

TO：偶像——当茧化去，就成了双手的力量

其实偶像这东西，算物质，更算精神。物质总是现实存在的，会哭会笑，有喜有悲，有实质的载体，比如电影、歌曲、演讲，或其他。

而精神的，则是偶像让你喜欢上他的一些内在的东西。

之所以把你放在金牛女的物质篇，是因为我有小小的赌气。就像很多人所说的，金牛女只有物质，而缺乏精神，我不想再开一个关于自己的精神篇来写点什么，所以把你放在物质篇里面来写一封给你的信。

我一直不知道他算不算是我的偶像，但是我知道他是很多人的偶像，是我视若生命的珍惜与守护对象。

所以，我不介意在写给你的信里面写很多他的故事，因为我觉得他可以代表你。

太多的人把你妖魔化，似乎你的存在会让人误入歧途，成为荒废

自己的盲从花痴。实际上，所谓偶像，不排除有些许人真的是因为那副皮囊而入迷，更多的则是追寻者精神上的伙伴，指引着追寻者去前进，时刻记得不要停下脚步。

因为你的存在，就是灯塔一样的存在。现实太残酷，不是每个人都能如愿完成自己的梦想，不是每个人都能靠着自身的激励来走完那些坎坷的路。而你，就像心里期许的另一个自己，替现实中这个懦弱的自己完成那个梦想。

我想告诉你的这个人，他是一个单纯却屡遭争议的大男生。第一次听到他的名字时，知道他孤身一人离开小小的家乡去一个大大的城市寻梦——简单的音乐梦。经历了各种跌宕起伏，那时的他，与我有着异曲同工的经历，但他的执着却远胜于我。

转眼间，他已在他的圈子里十年，而我也已十年。同样的十年，又不同的十年。这十年，他一直没有停下，从泥泞走到璀璨，他还在不停地走。而我，走走停停，偶尔贪玩，偶尔懦弱。几乎快忘记自己曾经的梦。

这十年，每当坚持不下去的时候，支撑我前行的信念就是他。

一路看着他跌跌撞撞，再看着他像天王一样站在舞台上却依然不忘初心的清澈，就仿佛是另一个自己在完成着自己的梦。

我要像他一样百折不挠，我要向他靠近每一步，我要有一天骄傲地告诉全世界，因为他，我才没有放弃，才走到了今天。

就这样，我在内心埋下了一颗种子，每天为它浇水，希望有一天能与它一样，萌芽成为参天大树。

他说："我只想唱歌给你们听，我只是想要一个能唱歌的舞台。"

我要的，就是我能一直写自己想写的文字，写给愿意读懂的人们。

这一切，并不是希望感动全世界，而只是想感动自己。

可这个世界上，唯有最真实的内心才能让自己潸然泪下，那些偶像之所以感动我们，是因为他们首先解剖了自己。

他从来就不是一个善于伪装的孩子，喜怒哀乐总是很轻易地就能让人看到，他的迷茫清清楚楚地通过大屏幕传达给了每个关心他的朋友。

他想唱歌给我们听，我们想听他唱歌。

一个依赖文字生存的我，给他的却是苍白的文字；一个依赖绝望生存的我，心里却开始燃烧着希望；一个生命里无偶像的我，再也无法抑制自己的激动……

2004 年，他型秀舞台，一夜成名，是一碗好容易才煮筋道的米线，被人发现高价买去却发了霉。终于，酒香不怕巷子深，他的名字昙花一现。

2007 年，他脱离东家，快乐发声，却变成一勺备受争议的酸辣汤，有人欢喜得乐开怀，有人痛恨得灼了心。

在诸多非议里，他不解释，他只想唱歌给我们听。

他就是一碗在流言达一千分贝时仍坚持的酸辣米线。

现在的他，万人演唱会爆满，明明是靠实力征服了舞台，却依然处在争议中。

他是一个歌手，被吐槽的却从来都不是他的歌声而是他的造型、他的感情、他的表达，他一直活在被吐槽当中，可他依然云淡风轻，偶尔不咸不淡地回应几句，真是笨拙却又不失风度。

是的，他一直不聪明。但他从容得像个王子，嗯，平民王子。

嗯，写到这里，我要骄傲地说出他的名字：张杰。

他足以代表"偶像"这两个字替你收下这封信。

他是一个优质的偶像，最重要的两点：一是他带给粉丝正能量，从一夜爆红到经历了低谷，再到走上音乐的巅峰，绝不是偶然。努力、好学、谦逊都是他身上所体现出来的。他是一个新时代的健康的青春偶像，带给所有人的是正能量，无论是从歌里所传递出来的，还是从他的个人奋斗史所看到的。我们在遭遇挫折和困境时，可以他为参照，激励着自己的人生。

二是他懂得感恩。我们很少见，也很少交流，但每一次只要遇到，他都能一眼认出我。他对粉丝的那种在乎与重视一直都体现在细微之处。他热心公益，坚持与粉丝一起把音乐教室带到山区学校。他的感恩不仅在于对家人、对粉丝，更体现在对社会的感恩。

所以，偶像从来不只是情结，更是最朴实的生活和最奢侈的力量。

你可以是最美的太阳，你可以是某个人的一切，你可以任性地守护你的"第一夫人"。但你一直能让我们懂得：我们都一样，勿忘心安。

　　所以，听一曲《燕归巢》，我想说，最好的你就是最好的自己。

　　有偶像，是一种难得的幸福。

TO：艳遇——再相见不如长怀念

实际上，我与你，没有并肩的机会。而人间，也并不落寞，这只是一场不曾错过的遗憾。

她遇到他的时候，还有三天便要步入婚姻的殿堂。从出生到长大，她的一生都平淡如水，顺理成章地与他相恋、定亲。

若不是那场意外，嗯，对的，是一场意外。

大眼睛的私信成了即时通信工具，而小企鹅的 QQ 则成了另一种交流方式。

他在距离她一百米的地方发来问候：寂寞吗？要不要进行一次冒险的旅行？

她居然应允了。

一个小时后，他的客厅。

她有点儿紧张，头使劲地朝后仰着。后来，她将手拿开，过了一会儿，她又不知所措地将手贴在他的腰上。她能感受到他的呼吸，隔着一层薄薄的棉布 T 恤，她的手心发热。

闭上眼睛的时候，手机响起了。他们分开了。

"我逛街呢。"

"别等我，我可能就在街上吃点儿什么。"

"嗯，你乖乖的，等着我。"

她挂了电话，坐在沙发上。她看着他，眼神里充满了古怪。她的脚掌神经质地在地板上点着。嗒嗒，嗒嗒嗒。他也看着她，没有说话。她穿着一双漂亮的运动鞋，脚踝又小又细。他转过身，面对着窗户，影子投在地上，终究是没有说出话。

她注意到他的头发有些凌乱，支棱出一个角，可是这种场合，她无论如何不能笑。

"我把电话关了。"

"算了吧。"他没有回头。

"真关了。"

"要不你回去吧。"他转过身，脸上流露出一股与语气相反的神色。

她垂下眼睛，盯着地板。她的双脚并在一起，脚脖子在微微颤动。他盯着她漂亮的额头。他想走过去亲吻那些乌黑发亮的头发，但是他没有，他把双手放在背后，想在窗台上找到一个支点。

"你低头的时候，像小孩子。"

"我都不记得童年的自己了。"她抬起头，假装可爱地吐舌头。

"你一定很乖。"

"嗯。"她看着他。

他走到沙发前，直直地盯着她的脸。他在脑海中回想这张脸，从看照片时的风情万种过渡到眼前的小清新。这个过程，他应该对她说，没有人比他的观察更细致。

她伸出一只手，他迟疑了一下，也伸出手。他们坐在沙发上，和开始时一样。在他们面前的茶几上，摆放着一本书，小王子金色的头发占据了大部分的封面。

他温柔地说："我给你读一段吧！"

她紧紧握住他的手，她感到温暖，这不同于爱情，这是一种介于出轨的惊与迷恋的喜之间的情绪。她无法拒绝，她怕伤害到这种感情；却也无从接受，她更怕触碰到另一种关系。她仔细看着他的嘴唇，它薄而没有血色，显示着主人一贯风流又冷酷的风格。她的手突然收紧了，他快读完了，就快要陷入沉默。之后，他可能会让她留下。

在他开口之前，她闭上眼睛，将他的双手放在自己的心口上，他们都感到心脏快速地跳动。

她还是决定离开了。

离开之前，她在镜子前仔细梳理着头发。看着胸口的红色印记，她想起三天后就要娶她的那个男人，那个男人从上幼儿园时就发誓要保护她，在那个男人眼里，她是一个不到洞房就不能亵渎的女神。

所以她必须这么离开，换作任何一个人，也只能这么做。

后来，在她整理好之后，在门口亲吻他的时候，他的眼眶发红，但是她没有任何办法。

三天后，她完美地成为新娘，婚车驶过他家的楼下时，她忍不住抬头看了一眼站在阳台上朝下看的他，似乎什么都没有发生，他那么悠闲地看着楼下热闹非凡的人群。

她想，他们永远都不会知道，她曾经如此疯狂地想过出轨，渴求过一场激烈的艳遇。

我常常将遮光板拉下一半，然后贴着玻璃朝下看，有时候，只能看得到云端之上大片大片的孤寂，有时候，会看到云端之下蜿蜒曲折的心事。那时候的我，总是觉得自己拥有了满腹的才华，需要迫不及待地写下那随时可能喷薄而出的华章。只是，当我准备记录的时候才知道，所有能说得出的都是庸俗的，都是写了删、删了写的苍白。

这，也许就是人最常有的遗憾，美丽的痛苦。

后来，当我逐渐习惯，学会了储藏心事，那些有雾霾的日子，用一块小小的镜面找好角度，在一滴眼泪中，竟然会看到七彩的希望。

这，或者就是人最易遗弃的幸福，不是每个挫折都一定是磨难，只是礼物的包装盒不够漂亮。

机舱里形形色色的人，匆忙间的陌生，却也常有恍惚间的熟悉。

旁边的人翻看着书籍会心地微笑，前排有不懂事的小孩的哭闹声，有人不快地发几句牢骚，空乘焦虑地道歉。有情侣旁若无人的亲热，有失魂落魄的女子假寐时眼角滑下的泪水，也有商务男子噼里啪啦在手提电脑上修改着 PPT 的认真。

我试图将每一次的每一个细节记录下来，最终却放弃了。

因为，当我静下心来去观察的时候才发现，这一切云端之上的故事，与我平时的生活并无不同，只是空间狭小，让我更容易去看清真相。

很多时候，我会恐惧陌生的环境和陌生的人群，总觉得不安全。原来是因为在这样的空间里我最为放松，放松下来的我们会卸下在地面上裹紧自己的面具，没有了面具，我们的面容真实到任何一粒灰尘落在上面都能清晰地看到，这样的赤裸裸让脆弱无处遁形。

而那莫名的恐惧，或许就是生怕一不小心被路人看穿了自己，若再不相遇还好，若是不巧再遇，该如何面对？

所以，我们常常会惦记着那惊鸿一瞥的萍水相逢，却未必真的会为了再相逢做努力。

因为，有些人，有些事，再相见不如长怀念。

在天上，似乎人也变得有仙风道骨的气质，思考总是能快速上升一个高度。

比如，对爱的包容更多了，虽然落地后未必就真的做得到，但那一刻是真心想了许多，对他的理解以及未来如何相处的方式。

我常笑着说，空间高度决定思想高度。而我却无法在这样的高度上思念更深 。

高又能如何？深才是永恒。

TO：劈腿——耐得住，守得住，才叫幸福

如果不是最近微博上频繁有粉丝类似的提问和咨询的话，我应该会遗忘了你们这两个物种，因为你们从来没有在我的生活里出现过，或许也是因为我的感情生活没有那么丰富多彩的缘故。

只是仔细回忆一下，不管是听说的，还是见到的，你们出现的频率还真的不低。

所以结婚时，真的有人拿"你当我的小火车，永远不出轨，我就当你的美人鱼，永远不劈腿"来做誓言。这场面是我参加婚礼的时候亲见的，一点都做不得假。

A 是我最好的朋友之一，水瓶座女孩，大大咧咧，许多事都不放在心上。可是在对待男朋友上，A 可谓是截然不同地展现了另外一面。他成熟，他英俊，他在 A 的眼里是那个趋于完美的男人。所以 A 愿意

卑微，愿意把自己放到尘埃里，去迎合他的所有合理和不合理的要求。

十指不沾阳春水的 A 变成了厨房里的美厨娘，爱面子的 A，可以容忍他心情不好时对自己大吼大叫。A 说过，无论是因为什么他生气了，最后道歉的总是自己。因为爱，所以把歉意和包容永远放在首位，不想让他不开心。

所有真心付出，觉得必然能够得来回报的女人，等来的往往是伤害。A 逐渐发现他开始对自己躲躲闪闪，时常带着一身香水味回来。A 想过这可能是应酬，最后说服自己，也许是他觉得生活太无趣了，不过像个贪玩的孩子，发现了外面的新奇和风景，只要玩累了，闹疲了，总会回来，所以自己能够等待和接受。

但 A 不能接受的是他越来越胆大，越来越近乎于挑衅的姿态，某日他竟然提出要 A 在淘宝上帮自己订购一款情趣内衣，理由是送给某个妹妹作为生日礼物。

A 终于崩溃，才知道他劈腿和出轨已经成为事实。一个人、一颗心走远了，寻找了另外的港湾，根本不是出于好奇和新鲜，而是真的没有把自己放在心上，搁在眼里。

所以 A 幡然悔悟，决定和他分手。只是从此性情大变，至今不愿开始新的感情。劈腿像把刀，恶狠狠地撕裂了她整个人，让伤痕终身无法愈合。

我陪 A 去找过自己做电视节目时认识的心理专家咨询过，三番五次地去。专家朋友都是摇着头对我说，要完全放开，还是得靠她自己，我只是一个外力。

再后来，A 得了精神类疾病，现在每天还要靠大把大把的药片来维持自己正常的情绪，其间曾自杀过三五次。

同样，出轨劈腿的不仅是男人，小火车和美人鱼里也有女性。

单位的一个干净、俊秀、开朗的男同事，他的女友就拥有无数个说不清道不明的哥哥、同学和前任。

她不太遮掩，也不太忌讳。这么做的底气在于，这种方法其实是一种绑架和挟持。或者说有些有恃无恐，觉得即便这段感情没了也就没了，自己不愁找不到下家接手。

每次我的同事对她的做法颇有微词的时候，她的理由是：我当然应该有我的朋友，你不开心的话，也可以像我一样啊，我又没有绑着你的腿。

听着很有道理是不是？我只能说，有些人这么做，轻车熟路，习惯自然，因为他们对这段感情根本不在乎，或者说，感情抵御不住外面的诱惑；而有些人，纵然自由，有条件也不会做出这样的选择，因为他们对感情很重视，或者说有足够的底线和修养。

男同事最后辞职离开北京，走之前，和我们聚餐的时候，声泪俱下地说，他感觉这个城市里的所有人都知道自己的无能、无奈和悲哀。

他的女朋友能堂而皇之地告诉他，到外地出差的时候，一个高中的男同学接待，给订了最好的宾馆，还给她订了返程的头等舱机票。她说："你知道我身体不好，坐经济舱会很不适应，也许会得病。所以我没得选择。"最奇葩的是，她竟然还能告诉我的那个男同事，那晚在宾馆，男同学并没有走，留在了那里，而他们之间什么也没发生。

无论是明目张胆地劈腿，还是遮遮掩掩、心惊胆战地出轨，其实都是对爱情和自己的不负责任。

我只能说，"小火车"和"美人鱼"族群，你们心里其实根本配不上"爱情"这个高贵与美好的词语。

不能理解和明白，如果不重视、不喜欢，那么为什么当初要选择，要去爱，要建立这段关系，然后在建立这段关系后，不负责，不维护，任性而肆意地去破坏？

抱着骑驴找马的念头去找工作，和抱着同样的念头去谈恋爱，是完全不同的两个概念。前者大概是无奈，而后者只能是无耻了。

"感情即江湖，江湖即有风雨。有风雨就有意外，有意外就得找个'备胎'。"这是一个女生在录制情感节目时，在后场跟我略带嚣张地说过的一段话。而时代发展到今天，不仅仅备胎是可悲的，据说还出现了在更换"备胎"空隙期间使用的"千斤顶"。

"备胎"和"千斤顶"，是可悲的。但我觉得，你们这些"小火车"和"美人鱼"们是更可悲的。可悲的在于你根本不敢笃定，对面的那个人是不是爱你，你不敢相信自己有足够的吸引力，更不敢相信自己能邂逅和抓住幸福。

你们的内心，其实是茫然的、无助的。不知道如何去适应、去调剂，不明白怎么去寻找一个自己真爱的人，适合自己的人。所以你们只能用这种辜负别人的方式，来作为保护自己的手段。这里，自私固然有，但更多的是自卑。

我素来觉得，爱情最初的时候是冲动，逐渐的是培养出的默契和自信，这需要用心去经营和真心去对待。如果爱情最初的时候是冲动，逐渐是更多对别人的冲动，那就不能称之为爱情。而如果两人在一起是无奈之举，或者是权宜之计的话，就不要让爱情开始，对你对他来说，这其实都很不公平，而且早晚会受伤。

喜欢和爱，爱和完成任务的无奈，素来就是风马牛不相及的事。爱情是需要历练和负责任的，在准备好之前，奔赴爱情就像飞蛾，扑向的是火，结果是死亡。

我不想去谴责你们，我对你们更多的是同情、恼怒，还有一些可怜。可怜你们在根本摸不清爱情的虚实时就毅然决然地投身到了爱情当中，空壳的爱情就变成了一种玩具。

"小火车"和"美人鱼"们，这句话我只说一次。懂得自爱，是获得爱情和拥有爱情的前提。而无论你是当"小火车"，还是当"美人鱼"，都是对自己的糟践，是因不懂得爱自己做出的错事。在明白如何更好地爱自己之前，就不要打着爱情的名义去爱别人。

这样，对你们，对他们，对所有的人都好。至少没有伤害，没有恶名，没有那些不堪的回忆，免得成为你身上一笔烂账的回忆和过往。

TO：宠物—— 一只名字叫猫的狗

我只养过一只狗，就是你。你肯定感到憋屈，也感到不服。因为你被不靠谱儿的我起了一个不靠谱儿的名字——猫。

连我自己起完这个有点恶搞的名字后都有些哑然失笑。我不能感同身受地体验你的感觉，大概，一个汪星人，被起了一个喵星人的名字，被呼唤的时候，心中大概有一万只神兽奔腾而过吧！

之前养你，是喜欢兼觉得好玩。喜欢是觉得汪星人有的很萌，有的很二，但忠诚度都是毋庸置疑的。我其实也喜欢猫，或者说更喜欢猫，猫是如此优雅的一种动物，迈开的脚步，躺卧的姿态，慵懒的表情，都像足了典雅范儿的女神，实在是可以当成女人的楷模来看。

可不养猫的理由，是家里有一个"慵懒主义者"就够了。一个自己在家，饿了叫外卖、吃泡面，每天赖在被窝里，认为这就是天堂的分站，想起床要给自己找十万个理由的女人，实在不宜再身兼多职，变身为一只更慵懒的宠物的厨师和"铲屎官"。

自从你到家之后，就对我寄予了感情和不靠谱儿的希望。我奢望你保留汪星人的本分，兼修喵星人的优雅。

你不是什么纯正血统的名犬，这点我是知道的。哪怕以我盲目对小动物的爱，肤浅到并不能分辨什么血统和品种，我也在第一眼看到你的时候，就知道你是一个混血的并不名贵的小家伙。

之所以把你带回来，一是合我的眼缘，我们之间有缘分。二是不忍心看你挤在一群都刚满月的兄弟当中瑟瑟发抖的样子，北京冬天的风很大，而且威力不凡，犹如关二爷手中的青龙偃月刀，连我这样裹着厚实羽绒服的人都觉得冷到了骨子里，何况出生不久的你。

我蹲下来，看着你们。你第一时间向我摇起了小巧的尾巴，摇摇摆摆地向我走过来，黑色的小鼻头看起来很精致，摸上去冷冷的，像冰，但是异常湿润。那个刹那，我承认我被你征服了。

没想到过，养你也是这么难，难度甚至不下于面对一个调皮捣蛋的熊孩子。到家之后，你用尿圈地后，完全对自己的地盘熟悉了起来，所以开始展现幼小时顽皮的天性。

我被家里总被撕扯得到处都是的沙发罩、床单，以及散落在地上的U盘、留着你的口水的笔，以及遍地的唇膏所震惊。当然，更不能容忍的是，所有我细心保养的最爱的靴子上都留下了你的牙印，你为了玩耍，也是蛮拼的。

给你买的玩具，你不爱，非要跟屋里你好奇的一切较劲。

　　而且你根本不懂得什么叫作卫生和好习惯，我行我素地在任何你觉得可以的地方随地大小便。

　　你在吃上，也是让人如此不省心。我给你买最好的狗粮，你吃了一段时间后开始挑剔。身体虽然迅速地变得圆滚滚的，可毛却不像过去那样油光水滑。

　　我以为你病了，带你去宠物医院，才被告知狗粮也是不能单纯只吃一种的，因为营养不够均衡，所以很容易让你的身体健康状况迅速坏下来。

　　简单总结一下，为了你这个小家伙，我操碎了心，生了很多气。但赌咒发誓要教训你的时候却发现，所有的气都神奇般消失了。你只需撒娇一样叫上几声，用毛茸茸的爪子和脑袋蹭蹭我的腿或者手，一切旧账自此就烟消云散。

　　不知道这到底是明白你不是人，不能和你过多计较，还是真的对你的感情超过了之前遇到的所有的人。

　　一段时间内，我相当为那句话心动：对你的宠物好一点，它只不过是你的世界里的一部分，而对它来说，你就是它的整个世界。

　　是的，哪怕你只是我的世界里的一部分，我想也一定是极其重要的一部分。

　　抱歉的是，我曾动过辜负你的念头，并且行动过。这源于我曾经一度因为身边朋友们的陆续结婚生子，以及自己年龄逐渐增大后心里的烦躁和恨嫁。那个时候，我对你有些冷落，忙于参加各种朋友举办的各种聚会，想着能不能在聚会上遇到一个他。哪怕不那么合自己的心意，也要先把自己推销出去。

我也忙于各种相亲，在被安排和求人安排之间，越发忐忑不安，开始失眠，并觉得世界变成了黑、白两个颜色，似乎温度一下都降低到了零度以下。

后来，他出现了。虽然注定只能成为我生命中短暂旅途中的一个过客，可是我却异常认真。从未对一个人的话如此言听计从过。只因为他说了一句自己不喜欢养狗，我就开始在瞬间的纠结之后，做出了把你送出去，换来我自己的幸福的决定。

我在网上找寻了许久，安慰自己，找个能爱你的人家，也算给了你一个不错的归宿。而我不会完全放弃你，我会去看你，会每个月给他们足够的钱，让他们让你过不错的生活。

有人来带你走那天，我心里难过和失落交杂，又有一些惊喜和激动掺杂在一起。我以为一切都会过去，可你挣扎着不愿离开，似乎感受到了什么的时候，我第一次相信了，狗，真的会流泪，会哀叫。那哀叫足以让人撕心裂肺。

我失眠了，前所未有的严重失眠。睡不着觉，总觉得你还在房间里。不一定什么时候会跳到我的床上，跟我亲昵一会儿。我总是不假思索地在回家的时候，打开门就喊你的名字，想看你欢天喜地地跑过来兴奋地摇着尾巴的样子。

在复杂的心情中，我连和他约会时都失魂落魄，提不起兴趣的样子。只是我没有想到，你会挣脱了绳子，自己跑了回来。那么大的北京，那么远的路，我不知道你经历了什么，走了多久，有没有迷路，是什么支撑你回到了家。当我以为自己神经过敏，出现了幻听，听到了你在门外的叫声，几次不理不睬后，终于开门求证，才看到了脏兮兮的你。

那一瞬间，我几乎就已经知道，我不会再因为任何事情对你放手了。除了让我无能为力、无法选择的死亡外，任何力量都不能。

我和他吵架了，他认为你的回归，是我在他面前耍的伎俩。我没有诚意，也没有承诺。我没解释，反而是质问他，为何不能因为爱而选择对我、对你包容一点点。他斩钉截铁地提出了分手。

这段感情因此夭折，我却变得无比轻松。我似乎一下治愈了自己的恨嫁，坚定地相信，总有一份适合自己的缘分在等着自己，其他的一切都只不过是虚幻的美好。

我和你开始厮守，回到了过去。你长大了，乖巧了，在我烦躁或不开心的时候会主动过来蹭我，跟我玩耍，让我开心。

而我的朋友们也都逐渐知道了，我有一只名字搞笑的宠物狗，很聪明，很乖巧，他们开玩笑似的说，你是我的心头肉。

很久很久之后，我为了写书，走访了很多模范情侣和夫妻。我惊讶地发现，那些幸福、快乐的婚姻和感情里，都有宠物的影子。而有七八成接受我采访的人都跟我说过类似的话。他们说的时候很是郑重，大概意思是，养宠物的人应该是一个有爱心的人，一个磨炼出爱心的人。和宠物的相处，几乎是婚姻生活的预演；还有人说，一个爱宠物的人，一定是懂生活的人，和宠物的相处，是生活中最平实也最简单的乐趣。

回忆起你到来后的点点滴滴，我觉得他们也真是在生活中逐渐摸索出了这样的道理。每个人心里应该也有一个如同你一样，不属于人类的家庭成员吧！

至今，我都感谢我当初把你带回来的那个决定。那个决定是那么正确，我甚至能够感到，我和你相处后所磨出来的性格，在与他人相处时为我带来的巨大改变。一切都在向好的方向发展，不是吗？

当然，如果你能干净一点，不让我为你频繁洗澡，能够在吃上不挑剔的话，没有什么比这个更完美的了。

至于情感、姻缘、男朋友，那只不过也是生活的一部分罢了。有句话叫"匆忙找个男朋友，不如养上一条狗"。话很极端，却未必没有几分道理。

今天你想吃什么？

回忆起和你在一起的点点滴滴，我可以破例满足你任何奢望！

TO：男闺密——不属于自己的，就不要太入戏

不用讳言，我有许多男性朋友。我和他们的关系很好，超出了很多同性的朋友。

男性朋友在很多时候是有"利用价值"的，比如说搬个家，换个煤气罐，或者维修个电器的时候。男人们在这些事物上总是比较在行的，这是先天的优势，即便 N 个女汉子也是比不上的。

实际上认真想想，现在作为女人，不交几个男性朋友，简直就是毫无理由的。

过去不交男性朋友，似乎还有很多说法。比如说，所谓的男女授受不亲，除了正牌男朋友外，和其他男性还是保持一点距离，说起来才是王道。大概"70 后"一代，这方面的思想还是比较严重的。但随着社会开放程度的提高，"80 后"，尤其是"85 后"，这些思想就慢慢地变得淡薄了许多。

过去女生和女生在一起，牵个手，出个街，合个租，俩人亲密到穿一条裤子，都是理所当然的分内事。可是自从 LES 和"蕾丝边"出现在我们的社会文化中后，女和女也会被非议，被怀疑。那么朋友，女和男都可以有，反正都挡不住别人的嘴了。

《失恋 33 天》的高票房和好口碑，我一直认为有七成的功劳，应该在剧中黄小仙的男闺密王小贱的身上。自电影播出后，我似乎发现了一个模式，但凡情感剧，不管是院线大片，还是电视连续剧，女主角身边通常都会有个看起来极不靠谱儿，但愿意为女闺密两肋插刀的男闺密。

可以说，这个角色的出现，是因为跟随潮流的趋势，盲目跟风。任何缺乏内涵和背景的潮流都是流行感冒，所以，真正能够成为经典、被一直推崇的，一定是拥有背后的需求。

影视剧中男闺密角色蓬勃得像雨后笋尖一样层出不穷，深层次的原因，是现实生活中女性大多数都需要在正牌男友和老公之外，有一个所谓的男闺密，对我来说，更贴切的叫法，应该是"男性铁杆朋友"。

我不否认，女人心里也有强烈的欲望。这欲望不是指身体上的碰撞，而是指内心的一点小贪婪。张爱玲书中写的，娶了红玫瑰，就会想白玫瑰的好，在这里依旧适用。

每个女人的心里都有一个梦，那就是自己的男人是全天下最完美的男人，最好要英俊、绅士、宽容，对自己宠溺。既要有那些猛男的阳刚，还需有不爱江山爱美人的柔情。当自己需要钢铁侠的时候他就是钢铁侠，当想要个小宠物的时候他能变身为小宠物。

只是这样的男人要不就是来自于外星的都敏俊，要不就是童话里的各路王子或在银行里下象棋的奥特曼。在现实里，这样的男人是不可能存在的，否则再牛的男人也会被这样的要求弄到精神分裂。

只要不是太爱做梦，心态一直青葱的少女，早晚一定会明白"梦想很丰满而现实很骨感"的道理。所以不再追求把形形色色、百种千样的需求在一个男人的身上实现。至于什么满足了对男人所有的幻想，只是一句不切实际的傻话。

所以，聪明的女人们在明白鱼与熊掌不可兼得后，就开始把鱼跟熊掌区分开来，把正牌男友和老公放在了熊掌的位置，然后期待着能通过男闺密这个途径也尝一下鱼的味道。

当然，男性铁杆朋友不仅仅是心理上的一种补偿，实际上也是很有作用的。

在一段感情里，女人出于很多原因，比如说对正牌男友爱得深沉，深沉到了极致，一定是不愿意正牌男友替自己担心，因自己为难，不愿意给他添加任何麻烦。

遇到了事情，女人有些时候也会选择自己扛起一片天来。但这片天不太好扛，而且会很辛苦，有时候也会腿软骨酥扛不动和扛不住。这个时候，尽管说把问题交给铁杆的男性朋友来承担难免有些累傻小子的嫌疑，但什么叫朋友？朋友就会该出手时就出手，有付出就一定会得到回报的嘛！

而且，谁的爱情不迷茫，谁的感情不忧伤？即便是再好的感情，也是会在过程中遇到一些问题和麻烦的。女性闺密所出的各种招数，大多是出于自己的经历和影视剧的桥段，并不能真正地代入进去，帮你分析一下你男友的内心想法。而"铁杆男性朋友"的身份让他更加了解男人，所给出的建议也更加中肯。何况，你真指望你的正牌男友或老公耍浑的时候，女性朋友能够抵挡吗？动手推推搡搡的话，谁更有威慑力，这里一比较就明白！

男性铁杆朋友的作用还不止于此。与同性闺密喝喝茶、聊聊天、八八卦相比，男性铁杆朋友的作用显然更加实际和实在。他们会毫无保留地弥补女性本身的不足，为你提供最新的资讯和机会，弥补女人缺乏的理性，以及分享更多靠谱儿的技能。

这一切，则都是你在生活中所需要的，也是你在人生道路上提升自己所必需的。

我有许多男性铁杆朋友，相比之下，我从他们那里的确受益匪浅。认真来说的话，我们可以说，在这个女少男多的社会，在感情上，也许女性因为资源的稀缺占据了上风，可是在工作上和社会中，骨子里还是男性化的。

有句话很写实，"把女人当男人看，把男人当牲口看"。在一个以男性思维为主构建的职场环境和社会环境当中，男人比女人更加如鱼得水，这也是为什么大多数女强人，看起来都有些男人的作风，才能比普通的女子更加适应社会的原因。

男性铁杆朋友的自尊及传统的想法，让他们在女人面前，习惯性地把自己定位为一个强者。而强者之所以强，不是因为他表现得有多强势，而是因为他懂得用自己的能力去呵护弱者。

所以，这些男性铁杆朋友对你势必是照顾的，呵护的，愿意传递给你一些消息和技能的。至于那些一心只想和你滚滚床单的渣男，在我看来根本不配被列入一个男性铁杆朋友的范畴，会平白地侮辱了这个词语。

我的男性铁杆朋友们和我以前的男友相处得不错，很是和谐，没有发生过星撞地球的大冲撞。

这听起来似乎是天方夜谭，实际上极容易做到。只不过四个字，逆向而行罢了。

我一直没有用"男闺密"这个词，而是用"男性铁杆朋友"代替，甚至连"蓝颜知己"这个词都没有用，不是无的放矢，或者故作高深。

实在是因为大概我是个作者的缘故，所以在字词上有一些小小的癖好。"闺密"一词，我觉得放在男性身上，是绝对不能用的。倒不是因为"蜜"字显得太女性化，毕竟现在表现得女性化的男人并不少，而是因为"闺"这个字的存在。

过去我们讲女人，首先想到的就是闺房。我们常说没有嫁人的女孩待字闺中，嫁了人讲究和老公的闺房之乐。古人张敞文化水平不高，却能千古流传，无非因为一句"闺房之事尤甚画眉者"而出名。所以，闺中之乐，指的是女人和正牌老公两个人才能进行的那些私房事、说的那些私房话。

而引申过来，"闺密"两个字，就是女人最好的女性朋友。闺中的密友，意味着连自己的私房话、私房事都不用太避讳。而闺密是可以直接登堂入室，进入女人最隐私的闺房当中的朋友。

但男性，哪怕关系再好，闺房中的那些事、那些话，我觉得是不能分享的。所以"闺密"一词用在这里既名不副实，又不太贴切。

如果真的把男性当女性的闺密看，难免有些过分，自己也会在他面前变成了透明人，没有一点秘密。而且这种信任度和依赖度实在有些太过分了，极容易让老公心里生出一些其他的情绪来，譬如说忌妒、怨恨，增加不少摩擦和矛盾。

正因为担心正牌的老公吃飞醋、无事生非的缘故，很多女人是不太敢让男闺密和老公结识的。即便介绍两个人认识，也是遮遮掩掩，口称同事、熟人，或者表哥之类的。

很多事就是如此欲盖弥彰，你大大方方，正牌的那个他未必会多起疑心，而你越是遮掩，他就越好奇，越想问出个子丑寅卯来。人往往会情不自禁地朝坏里想，仿佛不这样就对不住自己。一件事若让人自行脑补，结果往往就会是无事生非了。

以前要交正牌男友，我往往和大多数的女人遮掩不一样，而是逆流而上。笃定要交正牌男友时，会先找个机会，把铁杆的男性朋友亮出来，这叫请信任的人为自己把关。先把要交的男朋友置于一个要取悦铁杆男性朋友的境地。

当然敢有这样的胆量，其中的关键在于自身的姿态，平素不能和男性铁杆朋友举止过于亲密，几乎划不清楚界限，什么话都敢说，什么玩笑都敢开。因为谁都看得出你们之间是暧昧不是情谊。而懂得闺密和铁杆男性朋友的界限，是有效的，这就是所谓的身正不怕影子歪吧。

只要把握住了这一点，无论恋爱后，还是结婚后，该和男性铁杆朋友怎么往来，就怎么往来。逐渐地，铁杆男朋友也会变成你和正牌共同的朋友。重点依旧在于不掩藏，并且让正牌知道，有些事、有些话，你是只跟他做跟他说的，让他懂得你在他心中的分量是始终最重的那个。而男性铁杆朋友是要逊色他五六分的，就绝对能够相安无事。

最后，我在这里就不再一一点名我那些铁杆的男性朋友了。我只想说，幸运的是，我遇到了你们，你们也遇到我。我们之间的情谊永远都会在，而且像酒，越陈越香。抱歉不会改变的是，你们在我这里，是永远的铁杆男性朋友，不会在某一时间，变成男闺密，也不会有闺密之间的来往。那实在有些可怕，不信的话去天涯搜一搜一个名为"我和男闺密之间做过的事"的帖子，就会明白我的苦心和用心了。

感谢有你们，感谢生命中所有的美好。

TO：俗人——千万不要成为自己讨厌的那个人

︾

　　和你不认识，也能算上熟人。一段时间内，乘地铁去上下班，总是能遇到你。你肯定也是上班族里的一个，感觉到起得比鸡早，睡得比狗晚，吃得比猫少，干得比驴多。每个月领完薪水，还卡债，交房租，各种开销后发现钱基本用完了。

　　不光是你，在北京大部分的人，就是这么活着的。

　　你总从五号线大屯路东上车，在拥挤的人流里，被裹得像个行李一样硬塞上来。然后相片一样贴在周围的人身体上。木然得像个傀儡一样，一路带着茫然的眼神，半睡半醒之间，到东单下车，不知道是到了目的地，还是要继续一段换乘的旅程。

　　如果仅是如此，那么你就和挤地铁的芸芸众生一样，引不起太多人的注意，也激发不了别人的兴趣，更不可能给同路人留下深刻的印象。

　　引发你另外一面的，是一块没有了味道的口香糖。可能你早上贪那几分钟的小睡，所以节省了刷牙的时间。

每次候车时，你都嘴里嚼着口香糖。然后车快到的时候，"噗"地随口吐在地上。大家都很忙，没空去计较你的这个举动。可是，车站的清洁大妈却对此不能容忍。人家不过是过来跟你说了一句："口香糖别乱吐，那边有垃圾箱。"

你马上变身为怒目金刚："你哪只眼看到我乱吐了？你问问那口香糖是我的不。"

大妈生气了，弯腰去打扫，低声说了句："什么素质！"

你就像被红布刺激到的公牛一样，陷入了疯狂的状态："什么素质！一破扫地的，就算是我吐的怎么了？没人吐口香糖，你们没东西可打扫就失业了知道不？"

围观的人对你的行为感到不满，有人小声嘀咕了两句，你就冲人家狠狠地吐了一口口水。没人愿意因跟你纠缠而迟到，你骄傲得像只斗胜的公鸡一样上了车，上车后还对清洁员竖了个标准的中指。

全车人都躲你躲得远远的，你还不依不饶地叽叽歪歪地数落着清洁大妈多管闲事。

你下了车，有人低声议论："刚才那人怎么那样啊？"还有人为你开脱，说："年轻人脾气大，起床气。惹这种人干吗？等他上了年龄，自然就好了。"

问题是，等不到你上了年纪，就发现你的行为越发恶劣，地铁中那些唱歌要钱的，成了你新的寻开心的对象。

地铁上，你要卖唱的停下来，然后问人家会不会唱《青藏高原》，说高音唱上去了多给钱，还能帮忙联系演出的机会。

人家信以为真，在你身前唱了一首又一首，连嗓子都唱哑了，你脸色一变问人家："你知道不知道地铁里不允许卖唱？一会儿到站了你跟我走一趟。"

卖唱的愤怒地看了你几眼，走了。你得意地笑，觉得自己像个英雄一样，故意大声地说："这些人就是不能惯着，要都是像我一样对待他们，他们这些人早就不干这个了！"

我一直不理解，为什么有人能这么卑劣，并且根本不在乎周围的人的眼神，面不改色地展现着自己阴暗的一面。

直到有一天，我看到你带着一个更年轻的人上了车。从对话里能听出，他是刚来单位的同事。

那天你又和别人发生了争执，原因是有人下车，空出了一个座位，本来离座位最近的是一个背着沉重书包的大概读初中的学生，刚准备坐下，你把手里的杂志狠狠地砸了过去，学生吓了一跳，面色煞白地看着你，杂志落在了座位上，你得意扬扬地走过来说："没看见吗，这个座位已经有人了！"

学生没敢说什么，躲得远远的。旁边终于有人气不过要出头，指责你这么大了欺负一个孩子，知道不知道羞耻。你来了劲，站起来走到人家面前，用手指着人家说："地铁是你们家的啊？！你管什么闲事？这空座就是得抢！再说了，学生年纪小，站一会儿怎么了？我上了一天班这么累，我不能抢个座啊?!"

对方被你气得脸色涨红，不再说话，知道跟你这种人讲不通道理。跟你一起上车的年轻同事也觉得很尴尬，轻轻地扯了下你的衣角。你回头，教育他："这是北京，人就这样，什么你都得抢。你不欺负别人，人家反过来就得欺负你，明白吗？"

在大屯路东下了车，你和同事就走在我身后。我听到你同事跟你说："老跟人吵架不好吧？路又不远，站会儿也没啥。"

你说："你以为我真的是抢那个座啊？我问你，我们领导烦人不烦人？你上班累不累？今天开会，经理可把我骂惨了。咱又不敢还嘴，一还嘴到时候不给你小鞋穿啊？我告诉你，我每次不开心，就在地铁上找人吵一架。这方法特别好使，吵一架，什么气都消了，心情马上就好！"

我停下来，转过头厌恶地看了你一眼。大概是你心情好的缘故，竟然没跟我计较。我在路上一直在想怎么会有这样的人，然后竟然慢慢地后怕了。我发现，在我的身上，或者在很多人身上，竟然和你有着一样的毛病。我们习惯于在找不到宣泄内心情绪的渠道时，把坏情绪都转移到其他人的身上。不同的是，你转移给了路人，而大多数人会选择转移给自己最亲近的人。

坏情绪是会传染的，毫无理由，或揪着一个细节，无端地发怒、争吵，其实根本就是为了使自己宣泄。在这一刻，我们都是自私的，没有素质的，只不过区别在于你让更多人看到了这一面，而我们没有。

但造成的伤害却是都有的，我经常看到朋友们和男友或老公因此闹起了矛盾，甚至最终分手。至少，哪怕是最挚爱的人，不和你计较，他的心情也足以被毁掉，变得郁闷和郁郁寡欢。

生活中，当然会有这样或者那样不顺心的事情出现。也会遇到让人烦的人，让人无奈的事。而我们为了面子，或者说没有勇气，照顾形象不去抗争。留着心里的情绪，带回去，传播出去，让别人来替自己承担。

从北京到了上海之后，自然再也没有见过你。每每想起来，都觉得你是一面镜子，照出了人的丑恶，同时也提醒了我自己。我时常在情绪不稳定，一句话准备不负责地脱口而出的时候，脑海里就浮现出你的影子。我警告自己，千万不要变成那个让自己讨厌的人，否则那就是对自己最大的妥协，也是一个人最根本的失败。

章四 力量

一生中，
和多少陌生人擦肩而过，
没有回头。
有些擦肩注定会被快速遗忘，
翻不起任何波澜和浪花，
可有些擦肩却能让你忘了人的样子，
却记得那次擦肩的全部。
只因为，
擦肩而过的一瞬，
有些东西击中了你心最柔软的地方……

我从未觉得一个词叫错过，我更愿意用一个词，叫擦肩。擦肩，只有这么多的缘分。有过相遇，却不曾有过真正的心动。它不拖累，不撕扯，不伤害。而错过，显然有几分懊悔和惨淡。

我一直相信，一个人的一生，也许要和无数你根本不会有太多交集的人匆匆一瞥。

你会模糊了他们的模样，不知道他们的姓名，但却不表示他们不会走进你的内心。只是，走进内心的不是他们的人，而是他们所带给你的美好，或者……

To：宿命——你要是怀疑，就不要相信

我见过你，却对你没有太深的印象。

据说你是个穿着很脏的中式裤褂的人，头发和胡子都有些凌乱。有邻居跟我口口声声说过，你是高人，是他们见过的为数不多的高人之一，因为你是从隐居地终南山上下来的。

在我成年之后，回家时，跟小学的老师见面，小学的老师说你其实就是跑江湖的，多年磨炼出了一套江湖的话术。

我不知道你是大师，还是一个闯荡江湖、以算卦为生的人，甚至不知道你现在是不是还在这个世界上。但我知道，这封信，八成你是看不到的。因为即便你身体健康，还在终南山上，隐居的人大概也不会去买这样一本给年轻人看的书。要买，也是《易经》《易传》之类的典籍。

我妈说，见到你的时候，我才三四岁的样子。你的到来，让我住

的那个地方甚是轰动了许久。

你的卦据说很灵，所以大家都愿意把你请到家里算上一卦。而你又不收什么钱，报酬只要些饭菜和馒头。最后连你离开的时候，那五块钱和几斤全国粮票，还是邻居们硬塞给你的。

当时我是父母眼里的皮猴子，邻居眼里的孩子王，有点人来疯，性格顽劣而好强。

每天我都和一群大我几岁的男孩子在一起，爬树下河，按别人家门铃，砸别人家玻璃，和小伙伴们一言不合就动手，哪怕自己被打得遍体鳞伤也不哭，而是咬着牙非要把别人也揍得鼻青脸肿。

这样的孩子，无论放在谁家，都不会让父母省心。尤其还是女孩，更让家人感到忧虑。

父母在遇到你的时候，是惊喜的，是带着一点希望的。所以，他们将你请到家，让你看一个被从家拐角的树上拉回来的脏得一塌糊涂的女孩。

大概当时你说了许多话，关于八字、命运、称骨，或许还用了梅花易数，这些差不多我父母都已经淡忘了。在他们向我复述这件事的时候，说法是很简短的。

我妈盯着我，很干脆地说："先生说了，这个女孩家，长大后，要么不得了，要了不得。"大概是怕我不相信，所以除了语气斩钉截铁外，我爸还在一边补充说："对，先生说的。先生算得很准！"

听到这个说法的时候，我大概上初三。那时满心都是写作、写作，是严歌苓、张爱玲的小说，是金庸的武侠小说，是《红楼梦》和《镜花缘》。最终导致的结果，就是偏科严重。

在语文老师眼里，我这个学生这么下去，以后了不得，肯定能当个作家。话说，作家是让人尊重的职业，自己教的学生里能出个作家，也是件特别光荣的事。

但在数学老师和英语老师的眼里，这孩子这么下去，将来怎么得了，不一定能堕落成什么样子！

那时的我，其实除了认定自己要靠写字活着之外，对于未来、其他，都是茫然的。

受到语文老师的偏爱和赞扬固然会沾沾自喜，略有骄傲。但其他学科老师的责备又让我经常心情灰暗，甚至认定，我天生就不是学习这些科目的料，无论如何努力都很难学好。

学校开了家长会，三令五申地要求家长在中考前给孩子一点儿压力，在其他几科的老师跟我父母说了我的表现后，我从父母那儿得到了我儿时算卦的结果，在父母看来，不得了和了不得，是没什么大区别的，顶多就是文字前后顺序上有区别，都是将来能很好、很牛的佐证。

虽然我那时还没接触过什么心理学、心理暗示，但是这句话，这件事，这个在我童年中出现的被神化了的大师却成功地对一个内心相对简单的孩子，完成了一次其对人生来说颇为重要的心理暗示——你将来必有成就。

你这句话，变成了一股劲，把一个女孩心里的梦想和动力，拧成了一股不容易被拆散的绳。以后，当别人嘲讽她、呵斥她，对她的作为不理解的时候，连她自己都想懈怠、消极的时候，是这股绳维持了她前进的步伐。

是一句话给了她最后的坚持和希望。

所以，我一直都很感恩，也想感谢你——我也曾谋面，却没留下清晰记忆的大师。我觉得，即便你在算卦的时候没有什么前知五百年，后知五百载的本领，但你也起到了一个心理大师的作用。

对一个人来说，其实人生中最为珍贵的东西有许许多多，比如说喜欢的物件、喜欢的运动，自己爱的人、爱自己的人，愿意为你两肋插刀的朋友，甚至一段在记忆里永远不会离开的时光。

但这些最为珍贵的东西当中，一定有一种叫内心的坚定，或者是别人的肯定。有了它，其他珍贵的一切，包括梦想才能坚韧不拔、不畏惧坎坷地跋涉而来。

愿每个人心中都有别人的肯定，愿每个人都能因为肯定而得到一份难得的坚持。

TO：误会——这里的四季都很冷

ⅴ

    遇到你那天，其实我自己也陷入了困境。生活有些时候真的很像一出戏，而且曲折离奇，并不比真正的戏来得逊色。我并不怎么赞同"艺术源于生活，高于生活"这个说法。

    那天我要出差，远行千里之外，网上订好了高铁票，到西站后就去自动取票机那里取。拿到票后，我觉得时间还早，进站口排队的人又多，于是拖着简单的行李，想在附近先转一下打发时间。

    这个想法的实施，让我付出了代价。一转眼的工夫，我想买点零食带上火车，付款的时候，却发现钱包连同刚取的车票、身份证，以及多张银行卡和手机都不见了。

    哪怕在新闻中多次看到过火车站附近蟊贼猖獗，也没有自己亲身体验一下来得更有冲击力。当时大脑里一片空白，车票丢了，还能通过身份证补办，身份证丢了，就真的无法及时上车了。

而更严重的是，我口袋里只剩下了一块钱的现金，整钱和钱包一起到了小偷的手里。没有银行卡，我连钱都取不了，几乎陷入了绝境，只能求助于人了。

我开始四处找人借电话，才发现这件事有多难，不知道是媒体曝光的新闻让人神经绷得紧紧的，还是火车站这个地方本身的氛围，就能磨灭人与人之间的信任。尝试问了几个人，他们都用警惕的目光审视着我，有人眼神里传递的信号是：小样，这么老套的骗术你还来用？

遭遇到频繁的拒绝后，最后还是一名戴着眼镜、大学生模样的男孩伸出了援助之手。不过他也有条件，那就是我说号码，由他来打电话，等打通了之后，再开免提让我跟对方说话，反正手机总是不会离开他的手心而到我手里。

我接连打了三个不同的电话，耗费完这个男孩所有的耐心。不知道这三个朋友是在录像、开会，还是陌生的号码被认定为推销、广告、和诈骗电话，他们根本不理会，反正没有一个人接听。

最后我灵光一现，脑洞大开，找了一个开淘宝店的姐们儿的电话，求男孩再尝试一次。这次接听得很快，大概对他们来说，陌生的电话可能是顾客的咨询，也算是一个财源吧！

我委屈又焦急地倾诉了自己的遭遇后，姐们儿恨铁不成钢地骂我太笨，出门一点都不当心。约好了见面的地点，她要前来营救我，顺便报警，以及想办法补车票，开身份证丢失的证明，让我及时上车。

西站的人熙熙攘攘，我又担心我们会难以碰面，寻来找去，只能在寒风里站在过街天桥的一端，摆出望夫石一般的造型，在那里一动不动。

这个时候，你出现了。在我心情最糟糕和最焦灼的时候。你穿着不合体的衣服，年龄大概三十岁的样子，看起来很憔悴，也很脏。你走过来，说自己是来北京寻梦的人，结果被偷了钱包，无处落脚，想回家也没钱买票，说让我帮下忙，多多少少给一点就足够。还给我看了你的身份证，以及随身携带的各种证件。

我摇摇头，拒绝了，不是吝啬，或出于对你的怀疑，而真是我也到了需要别人救助的地步。把口袋里的一块钱给你，我觉得那是真正地把你当成了一个乞丐，对你是一种藐视和不尊重。

多年在社会上的经历和打拼，让我自信还有分辨真伪的能力的。如果是一个靠乞讨行骗的人，是不会那么犹豫后，才找别人要钱的。而且他们虽然也有选择，会选择向情侣、年轻的女孩，以及看起来面善的中年人去要钱。但也是有选择地广撒网，不会寻觅许久，才找到一个人，并且耐心地解释自己遇到了什么困难。

可是，我真的是不方便。也许是到北京后，你经历过太多的压抑和不如意，也许是人到中年还处于这个境地，让你积蓄了太多对社会的抱怨和不满，所以你爆发了，指责了我，说我没有同情心，力证你自己不是一个骗子。我的姐们儿赶来的时候，你才带着愤怒离开，对我最后的一瞥里，带着那种不被信任的伤心。

当时,我真的是准备拦住你,从姐们儿这里拿钱给你买车票回家的。可是你走得太快,在人群里立刻就消失了。

和姐们儿一起处理自己的事情时,我一直在想着刚才你的愤怒。其实到现在为止,这件事还算我心里一个不大不小的心病。我有些纠结于那天的凑巧,导致发生的这一切,会不会让你觉得这个社会更加冷漠,从而失去更多对别人的信心和信任。而这一点,比那些钱更为重要。

人都是需要温暖的,人的内心总是期望着能够暖暖的。人和人之间,虽然应该保持一定的距离,但人和人之间,也应该是有温暖的。这温暖不宜过高,过高则很容易把两个人都灼伤。大多数城市里,钢筋水泥的森林本身就冷冰冰的,如果人和人之间再缺乏温暖和信任,那么无论在哪个月份,什么季节,都会觉得是在冬天。这相对于人自身的需求来说,未免显得有些过度残忍。

我不知道,你能不能看到这封信,会不会买这本书,或者看到后,能不能相信那一天我的窘迫其实不次于你。但我依旧希望你能看到和相信,能够从心里明白,在任何一个时代,不是所有的人都对陌生人冷漠而提防,警惕而疏远的;不会谨守着不和陌生人说话的原则,保持着与陌生人的隔绝;不会都是绝缘体,在自己身上披上一身厚实而冰冷的铁甲。

只有这样,我觉得你才能够不受这件事的影响,才会不对这个社会和时代失去信心,才会相信别人,也相信自己付出一点温暖,能变成更多的光和热。

　　我真的希望，这个时代我们所有人的眼泪、感动，不仅仅是为了自己，也是为了别人。因为只有这样，我们的生活才会在光和暖之中前进，变得四季如春。

TO：网友——天真是最决绝的勇气

⌄

必须严肃而认真地声明一下，我写书呢，但绝对不是情书，这封信，也不是写给我的男友，那个真正会发自内心、心甘情愿地叫出这三个字的人。

这封信是写给一个男生，年龄多大，我不太确定。长得稚嫩还是成熟，英俊还是平凡，我也不太清楚。不得不在这里表示一下歉意，其实现在，我连你的网名叫什么都淡忘了。你在我脑海里只是一件事情里的一个符号，事情很清晰，而符号却变得模糊了。

和你认识的时候，我刚开始学着上网。马化腾的企鹅还没有这么红，一提起南极，马上就让人想起腾讯。

那个时候最时兴的还是各个网页丑陋的门户网站和各地方信息港上的聊天室。没有语音，摄像头更是高端的奢望。大家就靠手敲键盘，一聊就能聊上几个小时。

　　我强烈地觉得，其实当年聊天室兴起的原因和旅游热有异曲同工之妙。那就是交通不便捷，机票价格高，我们想要触碰外面的世界，实在是太难太难。每个人面对的都是那些熟悉的人，熟悉的朋友。没有其他的途径去接触别的圈子。

　　聊天室则完全打开了另一扇窗。你会发现很多性格不同、特别有意思的人，在你听说过，或者向往的城市生活着。于是便很有兴趣，去了解他们早点吃什么，做着什么样的工作，身边有着什么有意思的事。让自己像一块海绵一样，变得丰富和饱满起来。

　　按照那时最流行的说法，我是个沉浸于新世界，忙得不亦乐乎的小菜鸟，和每一个跟我搭讪的人聊天，弄得自己手忙脚乱的。

　　你的开场白，像一道闪电一样切入了我的内心。虽然放在现在，那句开场白我可能根本不会去理会。

　　你说："亲爱的，在什么地方？能聊聊吗？"

　　在之前，我认为"亲爱的"三个字是浪漫的、慎重的，有些不敢去碰触的。这是跟特定的人，才应该用的特定称谓。

　　我愣住了，许久才给你回话。心里有些慌乱，不明白你为什么这么称呼我。难道是看我跟别人聊天后，对我有了好感？

　　很土是吧？在我明白了，在网络世界，"亲爱的"三个字是司空见惯的称呼，就像如今喊女人都喊"美女"一样时，你和我之间的接触已经中断了。

　　只是在那时，这三个字就具备了魔力，我心里、眼里的你和其他跟我聊天的人是截然不同的。我对你更加好奇，有迫切想要了解的心情。

我甚至不止一次地想过，你到底长什么样子？多大年龄？笑起来会不会很温暖和好看？还萌生过和你见面，如果可以的话，来一场恋爱的念头。

许是对当时已经明白了"亲爱的"三个字不那么重的你来说，只是随口的称呼，却让我陷入了一段漫长时间的纠葛和烦恼。

我开始每天在遇到你的时间点，准时到网吧去上线，为的就是寻找你的踪迹，看你是否在，能不能聊上一会儿天。其实说什么不重要，只要你在，那我心里就是欢快的、满足的，一整天的时间都是快乐的。

而你却在那次之后，不知道是因为忙，还是换了聊天室，再也没有出现过。你无法想象，一个女孩满怀期盼的心情得不到满足后的失落，似乎整个心都被掏空了。

头一次那么惦念一个人，冒出无数稀奇古怪的念头，为你担心过，想你是不是出了什么事情和意外，然后责备自己胡思乱想，唯恐对你不好。委屈过，不明白聊得好好的，说好了有空再聊，为什么你会爽约？也恼怒过，恼怒你以一个"亲爱的"开场，让我无法平静，自己却在网上蒸发得无影无踪。

时间久了，才慢慢地淡了，也产生了一丝对网络的疏离感。有时想想，会觉得自己太较真太傻。网上的事，有几个人会当真，会把说过的话、约好的事当成一种承诺呢？

至少，我现在已经被磨炼到了百毒不侵的地步，对网络上的一切都保持着一些怀疑。即便不怀疑，也不会放在心上。

　　每次看到网友见面，造成了伤害，或者发生了矛盾，被欺骗的新闻，我嘴角就会挂上一丝无奈的笑容。

　　虚拟的终究是虚拟的。不可否认，通过网络，有人成了朋友，有人结成了姻缘，但这朋友和姻缘也多是从虚拟中走出，在现实里经受住了考验的。网上的一切若不经过现实的验证，那都是虚的，是一个人在一个虚拟的世界里的发泄和展现。不是他们不靠谱儿，罪魁祸首是他们太真，对于网络上的话，自行脑补得太多了。

　　前段时间，我刚上初中的小表妹问我，说有个网友，经常在 QQ 上叮嘱她早睡，注意身体，多喝开水，又跟自己特别聊得来，问我他是不是有些喜欢她。

　　我失笑，那个年龄的我也曾这么自行脑补过，只因为你那句开场的"亲爱的"。但时间和经历却教会我，别让这些在心里留下任何痕迹。

　　我告诉表妹："他是这么跟你说，你知不知道，他可能这么跟许多许多女孩子说过。你怎么就凭这几句看似温暖贴心的话，就觉得他喜欢你呢？"

TO：攀岩——只要勇敢，仓促上路也能收获惊喜

〉〉

如果我说，人的一生都是命中注定的，你一定会觉得这态度很消极，而且简直可以称作迷信。

人这一生会遇见很多人、很多事，大部分内容是随机产生的，但一些关键的时间和节点，往往属于之前行为的日积月累，比方说，你错过一个人，你痛苦万分，觉得都到世界末日了，可扭头你就会遇见其他的人，你觉得世界又美好了。

这个世界上有没有一见钟情，我不晓得，但是那种看一眼就让人觉得很欢喜的小伙子肯定有，就是未必能很利落地答应从了我，也喜欢我。

可人是有选择的本能的，但事没有，爱好也没有。所以很多关于事和爱好的邂逅，是很让人觉得幸运的。

很多事都是如此，做好了准备未必等得到美好，仓促上路却能发

现惊喜。

比如，攀岩带给我的快乐。

我去攀岩，完全就是因为好奇。好吧，说实话，邂逅攀岩，是因为我要和身上日益增加的脂肪做一点点的斗争。至于在健身房里跳操，或在跑步机上保持一个姿势做一件事起码四十分钟，对我来说是枯燥而痛苦的。

有人跟我推荐说，你可以去攀岩啊！有没有胆子去试试？

我一直觉得，攀岩是勇敢者的游戏，是爷们热衷的事。我既不是爷们，自认也不是什么勇敢者。起码我明白我恐高，站在二楼以上任何一层的阳台上都头晕目眩，似乎要从上面坠落的感觉。

如果跟我推荐的人没有后面那句开玩笑一样的话，"有没有胆子去试试"，我真的没有胆子去试试。

可一旦被人将了军，我反而会有勇气去挑战一下。因为逆反心理也是勇气的来源之一。

我其实只告诉自己，攀岩这种事，只接触一把、尝试一下，证明一下自己就算了。

让人帮拍一下照片，以后也可以当成装格调、爱运动的佐证。

在交了钱，咬着牙，任教练在我身上绑上安全带的时候，我双手捏在一起，手心里全是沁出的冷汗。

无他，我在恐惧一件事，如果我攀登到一半，没了力气，上是上不去了。但是又因为恐高，不敢动弹，下也下不来该怎么办？因为两头堵，的确是人生最难处理的一大窘境。

结果，硬着头皮，在教练的注视中开始攀登。当我的手和脚接触到第一块岩石的时候，忽然整个感觉都变了。

与其说我在攀岩，不如说我在倾听，倾听每一块石头的故事，倾听每一块石头和自己的前世今生。

对于我这样一个能躺着绝对不坐着，能坐着绝对不靠着，能靠着绝对不站着，能站着绝对不走路，能不出门就不出门的人来说，创造出了连着六天从北边穿越到东边去坚持这项运动的纪录。

这不是奇迹，这是个传说！

攀岩对于别人意味着什么我不知道。

对于我，意味着不仅仅是挑战，还有寻找。

一开始，我以为攀岩需要的是体力。后来，我发现，这里面也有一些技巧。

再后来，我知道了，所谓的潜力无非就是自己的意志力。

其实，攀岩需要的是信任。

信任教练，信任他一定会在你滑落的时候给你非常安全的牵引力，不管你如何扭动自己的身体，都有一股安全的力量在保护着你。

信任自己，信任自己一定可以做得到，攀爬本就是人之天性，只有你选择放弃，没有你触摸不到的高度。

在攀爬的过程中，我注意到很多小孩的姿势更灵活，有人说是因为小孩的重量轻所以比较容易挂住，也有人说是因为小孩天生好动不怕累体力恢复快。

其实很简单，因为童真时代最无所畏，而之所以会无所畏则是因为他们足够清醒，清醒地知道他不会掉下来，就算掉下来，这个世界也不会毁灭。

所以，孩子的心理只有一种，勇敢地向上爬。

往往容易主动放弃的大部分都是成年人，比如我这样的。

是的，成年人的世界太复杂，即便是我参透了信任这一关，仍过不了留后路的习惯。

我觉得，攀岩是一堂课。不是体育课，而是人生课、励志课。

在开始攀岩不久之后，我参与了《中国梦想秀》的录制，看着站在舞台上的追梦人为自己的梦想一点点地去努力，而我们助力团的小伙伴似乎是这些努力的见证者，又似乎是这些努力的验证者。

好多朋友都劝我，这种活动以后就别去了，浪费时间。也许坐上一整场，你也不会有发声的机会，即便发声，观众的眼球都被主持人和追梦人所吸引，很难有人记得住你。有这个时间，你不如多写点书，或者多策划一些书。这样起码在业内你能更上一层楼。

但在我的心里，这些朋友的规劝是善意的，却是外行的，因为他们不懂得，我这样一个"舞台控"，为什么每个月要奔波到千里之外，到节目里去坐在那里，端端正正认认真真地把它当成一件事干。

因为，站在这个舞台上的追梦人，都是我熟悉的攀岩者。无论他们是哪里的人，多大年龄，做着什么职业，但起码有一点，他们都还有梦想，那些现实的、不现实的梦想在他们的心里还没有熄灭。他们还在努力地为追寻梦想而去攀登，以一种不怕嘲讽、不怕冷落、不怕艰辛、不怕最后的结局是失望的姿态，在梦想这座山峰上，以前行的姿态，攀登到了最后一刻。

从理性上来说，对于有些虚无缥缈的梦想，我们应该不去赞成。但感性地来说，任何对梦想的追逐和热忱，坚持和勇敢，则都是我们需要仰望和鼓励的品质。

这个时代，已经有太多的梦想在现实的金钱和物质面前被扼杀得一干二净。这个时代，能够坚持和保留的梦想变得如此弥足珍贵。

而我，也在那个舞台上得到了成长，那就是对幸福的深层理解。幸福原来是需要对比的，只有快乐才是属于自己内心的。

《中国梦想秀》和《职来职往》，这是两个对我影响很大的节目。助人也自助，与追梦人和选手一起成长。

运动中的攀岩和电视里的攀岩，让我对自己进行了一次解剖。

这些年，我总习惯用保守安全的方式去对待任何事物，按部就班地沿着既定计划，生怕快了一步会透支自己的体力反而影响了下一步的进度。

或许是因为这种均衡让我变得所谓的"成熟"，而恰恰是这种均衡让我失去了本真的自我。再也没有了冲劲，再也没有了激情，不温不火地享受着每一步的超越，这也许是踏实，却延长了走向终点的道路。

　　很多事情，总是在另外的地方让你发现自己，我想，最近能让我逐渐找回自己的，大概就是攀岩。

　　攀爬的路上，与每一块石头从陌生到熟悉再到轻而易举地成功，这样的对话会是一场非常美妙的旅程。

　　我想，我永远不会成为一个优秀的攀岩者，但，我可以成为一个认真的攀岩者。

　　事实上，你能留给岁月的，岁月能留给你的，除了一个最好的自己，别无他物。

　　如果有人能够理解你，那么即便与你待在房间里，也会如同在通往世界的道路上旅行。

TO：追梦人——太美的梦，想想就算了

马云说过，人一定要有梦想，万一实现了呢?

我不敢相信，这个世界上存在着从未有过梦想的人，如果是正常人的话。

梦想这件事，可大可小，可真实，也可以虚无缥缈。孩提时代，大概是人一生中最爱做梦的时候，那个时候的梦想小且单纯、实际，比如说当一名老师，有一个游戏机，或者吃不完的薯片和冰激凌。

梦想这件事，太美，所以注定天生就有对手，它的天敌就叫现实。随着年龄的增长，要去肩负很多东西，要去经历很多磨难，要脱离父母和家庭的呵护，从温室里走进野外，迎接风暴和雷雨的洗礼。多少人措手不及，不能适应，自愿地退化到了让梦想萎缩到不可寻觅的地步。

有梦想的人，或者说成人，经历之后依旧有梦想的人，在我看来，还是不能被称为追梦人的。

你，追梦人，一个族群的名字，是一个挑剔的、严格的、高贵的词。仅仅有梦想，依旧是配不上你的，而只有有梦想，还在坚持为实现梦想努力的人，才能被称为追梦人。其中大多数的人，是值得点个赞的。

我接触过的追梦人很多，可能比平常人有更多接触到追梦人的机会和舞台。因为我在《中国梦想秀》这个节目中，作为一名帮助选手圆梦的嘉宾，每期都坐在舞台上。

所以，追梦人我很常见，之所以说其中大多数人都是值得点赞的，是因为有些追梦人，我可以欣赏，能够理解，却并不给予支持。

我提到过自己的一个观点，现在是一个"打鸡血的时代"。很多人因为社会的高速发展，害怕自己落伍，或居于人后而变得亢奋和浮躁。

所以，梦想，在这个时代有的被扭曲，有的太荒谬，还有的起点就偏离了方向。

一派高歌猛进的繁荣当中，追梦的滚滚潮流里，裹挟了不少不该存在，应该被剔出的追逐。

曾有个朋友，他的梦想物质且实际，那就是做个有钱人。这无可厚非，经济社会涌现出的财富英雄们，永远是拥有光环和站在让人目眩的灯光之下的。

可是我对他追梦这件事就持绝对的反对态度。他觉得，靠上班实现财富梦想太累，而创业自己又不具备后台和背景（有一些人，总认为有背景和后台，才是成功唯一的途径，这貌似已经成了一种腹黑的学说），所以他实现梦想、追逐梦想的手段是过激的，也是投机的。

他没有胆量去铤而走险，触碰法规，而是选择了最为不靠谱儿的博彩圆梦。

于是，他买彩票上瘾，每每被新闻报道里花 2 元博中千万元，花 10 元获得亿元彩池奖金的得主刺激。从最初的浅尝辄止，到后来一发而不可收，从一种娱乐变成了一种爱好和痴迷。

熟悉他的人都知道，他不在彩票代售点，就在去彩票代售点的路上。他每期购买相关的博彩信息，上网花钱购买一些专业博彩建议。其实这时人已经脑路回沟平直了。

他大概一个月花费在彩票上的钱有数千元。可能对有些人来说，这不是一个什么太大的数字，但对于每个月只有三千元收入的他来说，几乎是亏空了过去的积蓄和家底来孤注一掷。

媳妇要靠自己剩余不多的一点薪水来负责家里的柴米油盐酱醋茶、孩子的学费和一切人情来往的开销。而孩子，小学四年了，没有更换过一个新书包，衣服也都是捡亲戚家孩子淘汰了的。

用他媳妇的话说，这日子没法过了！

不是没争执过，吵闹过，甚至动过手，闹到惊动了双方的老人和身边的朋友的地步。大家纷纷规劝，认为他是着了魔，成了瘾。可是他却不管不顾，振振有词，认为自己是在追逐自己的梦想，只要坚持，终究有一天上天会青睐自己。而追逐梦想，都是要付出艰辛和代价的。

举凡是阻拦自己追逐梦想脚步的人，都通通被打入了黑名单。他固执地接受众叛亲离，相信自己只是无人理解的人，而孤单的人，得不到认可的人，往往都是先知和英雄。

这是一种偏执，是病，得治。大概是身边的亲朋碍于眼前的现实和他的面子，不想纠缠于和他的吵闹辩驳，没有跳出来审视这件事。任何追逐梦想的过程中，追逐梦想的计划和手段，一定应该是理性的、可执行的、有一些把握的，而不是随意的、荒谬的、撞大运式的。很多时候，过程决定结果，方向错了，你拿什么来保证自己能走到终点，笑到最后？

还有一种追梦人，其实是错位和拧巴的。举个例子，我在做节目的时候，曾遇到过一对年轻的夫妻，带着自己的孩子四处参加节目录制和选秀。

用他们的话说，孩子从小就有乐感，喜欢唱歌，而孩子的梦想则是成为一名歌唱家。身为父母，自然有道理为孩子的梦想埋单，于是丈夫上班，妻子辞职，负责带孩子学习声乐，到处参加选秀节目。

孩子从幼儿园大班开始，已经三年没有接受正规的教育和学习，只是奔波在看似美好的追逐梦想的道路上。

听起来很美，不是吗？对追逐梦想的坚定值得鼓掌。但实际上呢，我却不敢认同。

我在后台化妆间里和孩子聊过，问他是不是想成为一名歌唱家。他先是笃定地说是。然后有趣的对话开始，我问他："那你知道不知道，歌唱家是干什么的，你为什么要成为歌唱家啊？"

看起来这一连串的问题显得有些过于成熟和苛刻，但是只有在这种追问下，才能得到孩子心里真正的答案。最终，孩子的梦想，原形显现，对于他来说，他根本不明白什么叫歌唱家。

他只知道歌星，知道那些歌星的光鲜，有羡慕，但也不是迫切地想要。他只是单纯地喜欢唱歌，单纯地想唱歌让更多人听，让身边人夸赞他。

这样一个小小的梦想和心愿，经过父母的脑补、提纯、耳提面命，就变成"成为歌唱家"，随后就让孩子走上了这条追逐歌唱家梦想的路。

这种追梦的错位，不得不让人感到内心发苦。我来推测的话，大概之所以这样，有三个原因。最善意的原因，是父母认可孩子的天赋和外形，认定可以在这条路上发展，愿意做孩子的助推器。最现实的原因，父母知道现在选秀大潮下，童星的价值和可能带来的收入，奔着人民币一路前行。最恶意的揣测，是父母曾经有成为歌星的梦想，于是便着手在孩子的身上还原和实现。

别人的梦想，终究是别人的梦想，每个人都不要因为任何影响，而拿别人的梦想当自己的梦想，去为实现这种梦想埋单。

我几乎能够想象这个孩子的未来大概是什么样的。在这条所谓的追梦人的路上越走越远，但错过了更为重要的东西。也许有一天，他会埋怨和悔恨，自己为什么当初会和父母一起走上这条路？这条路，几乎是不归路。

揠苗助长，强行移植的追梦并不值得支持，即便偶尔侥幸有一些收获，也不是自己心里想要的，这枚苦果，真的不能让人快乐起来。

做追梦人，重要的是什么？有靠谱儿的梦想，有实在的追梦计划，在此基础上，有耐心，有韧性，能坚持，有勇气。

同样，在这些之外，做一个追梦人还应该有底线。

没有底线，你追逐的梦想同样不值得去维护，而即便最后成功，也会面临着无人叫好、无人分享的境地。

两三年前，我有过一个朋友，只能说曾经的朋友。他初到北京，为的就是圆自己的演员梦。

他外形不错，待人热情，能说会道。不管和什么样的人交流，都能让人有如沐春风的感觉。按说，他具备在北京逐渐发展，踏实地一步步地走下去的全部条件。

唯独不好的是，后来种种传言中，他屡次促销打折的人性。从在涿州影视城当一天一百五、两顿盒饭的群演开始，就有一起在北影厂门口扎堆的北漂演员发现，他热心地帮别人买盒饭的时候，在里面放了泻药，以便减少自己觉得实力强劲的对手。

而在圈内出演了不少路人甲后，被熟悉的副导演通知试几场有台词的戏，让他代为通知另外两个人。他传达时又故意将试戏的时间推后了一个小时，并给出了一个比较模糊的地点。

他跟副导演说，已经按时通知了那两个人，但他们说反正试戏要挨个来，不如多睡一会儿；还说有一个嫌戏的投资小，导演名气不大，所以不重视，为的就是换来自己更有把握得到这个有台词的角色的机会。

类似踩着别人向上爬的事，他做过许许多多，多到大概他自己都数不清楚具体有多少次。这个年代，凭借个人的实力，不断地积累，跑得比别人快一些，踩着人上位很难听，而通过其他的途径背后下手，着实就是人品败坏了。

恶人自有恶人磨，在他依靠这些小手段，收入日渐丰足，甚至出演了几部电视剧中不太重要的男配后，为抢一部戏的男二角色，他花钱找人在网上发了竞争对手的丑闻，一切全靠捏造。结果被对手识破，人家身后的团队执行效率极高，而且有丰富的处理这样事情的经验。

偷鸡不成蚀把米，他在圈内的名气迅速跌落，从一个被不少副导演看好的、上进的、谦虚的人，变成了一个圈内不约而同不再使用和封杀的人。

做人有问题，一切都有问题。追逐梦想，诚然可贵，但绝不至于到不择手段的地步。

其实，这样的人在追梦人中并不少见。除了自己的梦想和目标外，他们能够视一切道德，甚至法规如无物。他们自觉聪明地想要走一条直线，想要更快地获得自己想要的东西，却忘记了这样往往不够稳妥。而追梦人最为宝贵的素质中，一定有一项，那就是踏踏实实地一步一个脚印。

至少到现在，我自己其实也是追梦人大军中的一员，一个一直在坚持的追梦人。我的梦想是能够自由自在地生活，并让更多人通过我的文字和观点来认识我。

所以我追梦，所以我折腾，我在不少人眼里是一个不安分的、折腾得过头的人。很多人对我的感觉都是看不懂。他们不明白，为什么我刚在编辑这个行业内做到风生水起，就放弃了前途和"钱途"。更不能接受，我在图书行业里打拼了这么多年，为什么一下就开始学习上电视做嘉宾，做评论员。

他们劝我，你想过没，你已经不再年轻了。女人一到了三十岁，就到了一个输不起的阶段。

和年少时相比，你没有那么多重新来过的时间，也没有那么充足的精力。你有了车和房，有了父母年迈后的羁绊，所以不再能够随心所欲地折腾。

而这恰是我自傲的一点，我的追梦和折腾，从来不是脱离了现实，对身边的一切和生活不管不顾的。我不是那么决绝或说有信念的人，我更讲究的是步步为营地追梦。

即便遇到挫折，即便失败，我总是会在迈出新的追逐的脚步前，留下能够保证不会影响到生活以及承担责任的底子。我还可以写书，我还可以再去做出版，这些人脉、经验、阅历、想法都在那里。即便在闲暇时，我还会给自己加个工，写点文字，做个图书的创意，这些都是保证生活、保证追梦之路顺畅的最佳的存款。

关于梦想，没有对错之分。无论你是只想做个有钱人，还是想做到什么样的事，这些都是你的权利和自由，也是你的动力和灯塔。

　　但作为追梦人，你在追逐梦想的道路上一路走来的时候，却有了对错和不少陷阱与障碍。你不能无视，因为你是一个人，有应该负责和承担的东西，有不能丢弃的原则和底线。

　　在所有成功人士、媒体都在为追梦人叫好，打着鸡血，灌输着心灵鸡汤的时候，我只想兜头给部分追梦人一盆冷水，也是给所有追梦人一点启示。

　　梦虽远，行则必至，但在梦想之外，还有许多风景需要你来兼顾！

TO：悔恨——感谢上天让我与自己的人生相遇

三里屯，夜归，微醉。

忽然下起了雨，不大，却让人禁不住打个冷战。街上已经没有什么行人，等了许久才见一辆空车驶过，伸手拦了车，上车后就皱起了眉头。

你是个四十多岁的中年男人，脸上带着疲惫，眼睛无神，似乎有些困倦。上车后，先闻到一股浓烈的烟草味道。你有些不耐烦地看了我一眼，然后问去哪儿。

我说了要去的地方，你扣下了"空车"的牌子。起步，伸手又抽出一根烟点上。我指着驾驶台上"禁止抽烟"的牌子问："不让乘客抽烟，难道你们自己就可以抽？"

你不屑地笑笑："要不你也来一根？不抽哪儿那么多废话啊！坐不坐？不坐直接下车。"

如果不是这个时间,在这个路段实在难打到车,我真的想摔门离开。

我瞥了你一眼，没再说话，低下头去看手机。

车开了，你开始跟我搭讪，问："这么晚才回去，喝酒了对不对？不是我说你姑娘，女孩出来，晚上别回去太晚，尤其别喝酒，现在这世道，坏人多多啊！"

我横了你一眼："我是跟几个朋友一起出来的。"

"朋友？狗屁！朋友能在这个点让你自己回家？"你撇撇嘴，"我说你也是为你好，懂吗？你不看新闻吗？最近有多少女的，半夜打车，或者喝酒打车出事的。"

我感觉自己头都要炸了，不再说话，重新把注意力放在手机上。

"我就不明白了，这破手机有什么可看的。一天到晚都是捧着手机看，里面有金子吗？"

我不再说话，车里安静了下来。

半天，我自己都觉得有些不好意思，问他："你开多长时间出租了？几点收车啊？"

"我？"你笑了，"什么时候没活儿什么时候收，放着钱还真不赚啊？对了，你看咱们走哪儿？"

"都行，只要最后能把我送到地方，走哪儿都不差多少钱。"

"你说这话我就不爱听了，什么叫不差多少钱？我不会给你绕路的。"你忽然不高兴了起来，"再说了，您得明白，一毛钱那也是钱，赚钱不容易，得省着点。你们这些年轻人啊！"

我郁闷了，怎么说好说歹，你都不好侍候呢？"赚钱就是为了花啊！不花赚钱有什么意思？做人可不能当守财奴。"

"教育我是不是，姑娘？"你摇摇头，"我看你真是不知道省钱的主儿。你这以后能找到婆家吗？"

再次冷场，你顿了顿，然后接着滔滔不绝："其实说实话，我像你这么大的时候，有钱都随便花了。那时候，我是赚一个花俩的主儿，也从来不发愁。刚工作开大车，拉货。那时候司机没这么多，开车还是一门手艺。赚得不少，我在外面花天酒地，又嫖又赌，什么都干。一分钱没落下还欠了一屁股的债。我也跟你这么想，花吧，反正能赚。"

说到这儿，你苦笑了下，情绪激动了起来。

你一股脑儿地把你的遭遇和故事讲给了我听。

你没结婚，家里又要盖房子，没钱，全靠父母的那点积蓄，四处去借账。但父母没有说过什么，只是规劝了你几次，你不听他们也就听之任之了。日子依然这么过，你还是那么逍遥。

偶然有一次，大过年的你拉货出远门，回来的时候已经是初一了。中午回到家，进门的时候发现父母大过年的在吃炒白菜和萝卜，碗里只有几片白得发腻的肥肉。

你问父母，为什么大过年的就吃这个。父母有些慌乱，解释说是人老了口淡，肠胃也不好，吃不动大鱼大肉的了，趁你不在家吃点清淡的。

你没多想，一切照旧。年过完，父亲就被查出了有病，肝癌。去医院的时候，你才着了慌，身上的钱不够，东拼西凑的也拿不出化疗的钱。老人怕拖累你，说这病反正也治不了，不花这个冤枉钱了，回家吧，人要走，也是走在家里安心。你不愿意，心像刀割一样地疼，又开始向亲戚求助，舍去了之前一直想要的面子。

亲戚对你横眉冷目，舅舅指着你鼻子骂，你一个月工资也不少，钱都哪儿去了？！你自己在外面倒是逍遥了，自在了。吃顿饭百八十块的，买双鞋二三百块。可是你爸你妈呢，在家吃过什么，穿过什么？你妈的棉袄还是五六年前买的。你一分钱都存不住，为了盖房子，将来给你结婚，你爸妈把亲戚都借遍了。现在老爷子有了病，你来借钱，可这节骨眼儿上，谁手里的钱都不富余啊！

说到这儿，你自己流泪了，还怕我看见，偷偷地抹了一下眼睛。你接着说："我听人家说，猕猴桃对癌症病人好，买了点拎到医院。我们家老爷子问我，买这么多土豆干吗。我让他吃，他说这土豆有啥好吃的。当时我的心都碎了，那个后悔劲就别提了。想想我真是个王八蛋，我是能赚钱，但不该这么花。自己花舒坦了，家里爹娘呢？什么都没吃过见过。老了老了，忙一辈子了，还得替我补窟窿卖命！"

我的心沉了一下，想了想自己，其实也是这样的。我在花钱的时候，从来没有想过，今天一顿饭，去次酒吧，换个手机，可能就是家里父母一个月的开销。他们在拼命地节省，为的是不给我增加负担，而我却在挥霍，还觉得这种挥霍是有理由的，是正常的。

"你知道我爸怎么走的吗？"你忽然问我。

我摇摇头，你的眼泪再也控制不住，破堤的洪水一样，涌了出来，你把车开到路边，又点了一根烟，手也有些颤抖，嘴唇微颤着："老爷子说疼，睡不着觉，要安眠药。他是吃了安眠药走的。为的是什么？为的就是给我省下那么点治疗费！他是怕把我难为死，自己走了！"

你趴在方向盘上，呜呜咽咽地哭了起来，肩膀剧烈地耸动。这突如其来的一幕，让我有些手足无措。

很久，你才起身，擦干眼泪，眼红红地说："这么多年了，这事还是不能提，搁心里就去不掉了！姑娘，所以刚才我有点碎叨，你别往心里去，我就是见不得有人跟我过去一样敞开了花钱，一点不知道省。这钱，咱出力地地道道地赚，按说也想怎么花就怎么花，可是你花钱的时候，总得琢磨琢磨，家里人过得什么样，摸摸心窝想想，钱，不是替自己一个人赚的。"

我看着你，点了点头。

到了家，我看表给钱，却被你退了一些回来，你说："姑娘，我得谢谢您，能听我不着四六地说这么些话。得，也耽误您时间了，这钱我全要了不落忍，就当促销，给您打折了。"

"其实您说得挺对的，我乐意听。"我坚持把退回来的钱塞回去。

"别价啊，咱也算是有缘分是不是？这点儿面你还不给我？"你推开我的手，忽然郑重地说，"姑娘，你要是真觉得我说得挺对的，你就用这点钱给老人买点东西，哪怕买两双袜子，也算你没白坐我的车！"

北京太大，茫茫人海，我们没有再遇到过。我一直觉得，你该算是我的半个老师，在那个雨夜给我结结实实地上了一课。我不知道你是否还是疲惫地一直到凌晨甚至黎明还在忙碌着，还需要不断地抽烟来提神。但是我却懂得，你的话包含着自己的忏悔，以及给别人的忠告。

章
五
朋
友

∨
∨

这个世界上，
三种东西给我们带来持续的温暖，
让人不能缺失。
它们赋予了你生活全部的意义，
是你快乐的源泉。
那就是，
阳光，爱，以及朋友。

不客气但负责地说，我是一个对朋友比对爱人更好的人，是一个交朋友不会带有任何目的的人。

对朋友的要求，只有一个，那就是你愿意和我交往，那么我必然就会接受。

为此，我吃过亏，上过当，却始终不能改。

用句不太恰当的话说，朋友是人生最好的一笔投资，最大的一笔财富。他们可能不会带给你看得见摸得着的利益，但那些温暖、回忆与关心，就是最宝贵的东西。

奇怪的是，我的朋友不算太多，大概是好多人不太相信有人会如此轻易地就把自己列入朋友当中去吧！那是他们的损失，不是我的。

对朋友，我有许多想说的话，这些话，我都装在了下面的故事里。

TO：导师——梦还在，生活就是美好而成功的

认识你的第八年，一直想对你说的话，在你的生日之际写在这样一封书信里，最原始的感谢，送给你，也送给自己。

古人说，登泰山而小天下。

泰山从高度上来说并不算高，最顶峰玉皇顶不过海拔 1500 多米。之所以古人说它高，奉为东岳，只因为它是存在于身边的，可以触碰到的高山。

每个人心里都有一座高山，年少轻狂时，每个人心里的高山可能都是珠峰一样的存在。之所以这样，只因为它是最高的那座，天下无双，哪怕再遥远，也要彰显自己的雄心壮志。

我也一样，曾经心中的那座高山是张爱玲，是萧红，是马尔克斯，是那些赫赫有名的"珠峰"。

可是越长大，越觉得，那些高山也许我终身都无法攀爬，无法领

略无限风光在险峰的意境。而身边那些可以触碰到的，可以视为目标，逐渐攀登的山，才是心目中最实在、最有用的山峰。

山不在高，有仙则名。

我心里现在的那座高山，不像当年心里那些偶像和目标那样遥不可及。他略有名气，有优点，有缺陷，很真实，他就是我一直感谢的你——沈大叔。

你一直觉得自己只有一个身份，那就是诗人沈浩波。而别人眼中的你，最醒目的标签则是一个国内出色的出版人，磨铁图书的创始人。

即便是现在事业有成，异常忙碌，你依旧在坚守自己心中的梦想，还在创作着诗歌。

很多人都和我一样诧异过，为什么你能一直坚持这样一个换不来太多东西的理想？

我问过，你不曾回答过，八年的时间我逐渐懂得：有些事是需要阅历，是需要自己去悟的，没有那些经历和沉淀，再多的言语都是徒劳。

认识你的第八年，我离开了北京，走得仓促又果断，很多人不明白，而我这一次去非常清楚我在做什么。

因为从你身上我学到了：闲暇的时候，用自己的手，去抚摩下自己的心，你会发现它为什么而跳动，那才是你最应该去做的事。

2007年的夏天，在别人眼里，每天抢别人的手机给快男投票的我疯了。

刚刚认识我的你，却问了我一句话："为什么是张杰？"

　　我永远记得那一刻，和此刻一样，手托着腮帮子在电脑前思考，继而眼眶便湿了。

　　很多时候，我们需要的不一定是别人最后的理解支持，而是一个让自己陈述理由的机会。

　　谢谢你，让我在那一刻面对着自己的内心复述了一次人生：因为张杰认真，因为张杰努力，因为张杰的眼神清澈，因为张杰有着一股劲，那是我想拥有但恐惧的力量……太多太多的原因了。

　　但话出口却是："因为张杰只是想唱歌。"

　　大多数的人都觉得这个理由好苍白，为此挖苦我。而你，却笑了，然后那个夏天，一起陪着我给张杰投票，会在他四进三的 PK 台上第一时间发慰问短信给我。

　　你说："这个理由是最好的理由。"

　　这样的你，永远能从细节中捕捉到人的内心，看得懂他人每一个举动背后的真实原因。如何不给人高山一般的安全和信赖？

　　那时，颠沛流离的我默默在心里将你放到了父亲的位置。嗯，我生命里的沈爸爸。

　　那些年的我，人生发生太多重大变故，活得浑浑噩噩，从未想过人生还能怎样规划，也不知道自己能做什么。

　　你说："你一定会成为一个出色的出版人。"

　　那一刻，一个在出版行业敢想敢做、敢打敢拼的我开始萌芽。我咬着牙，想尽办法去做自己能够想到的，并且觉得可行的事情。我失败过，也气馁过，但在我想放弃的时候你告诉我："你一定行，我相信你！"

就是这股力量，让我慢慢地在出版行业打开了局面，让我敢于去做更多的尝试。

有一次和一个同事去见客户，回来的路上，她说："你谈判时候的样子和平时完全不一样啊！活脱脱一个女版的小浩波啊！"

这对于我来说，就是最好的褒奖和鼓励。

是的，那个时候，我咬牙切齿地憋着一口气，我要成为像沈总那样的人——果断、大气、敢想敢做。

那些年的我，棱角分明，横冲直撞，经常摔得自己头破血流。我抱怨，憎恨那些中伤我的人，一度陷入自我否定当中。

你说："每个人都有优点和缺点，你要学会放大别人的优点。你也是一样，你的优点和你的缺点一样明显，但我认为你的优点大于你的缺点，不用刻意去改变。做真实的你，学会好好和自己相处，就会成熟。是的，人无完人，你也有自己的一些缺点。比如说性格直，脾气急，遇到事情处理起来，也有不够冷静的时候。"

我们也有过争执，有过提起对方都窝火的时候。

但是这并不妨碍我把你当成心里的高山去看。性格直，得罪了人，会及时地纠正自己去弥补；脾气急，但往往能够在脾气爆发后，压下脾气去亡羊补牢。

这个世界上，太多的人都在学着努力挺胸，只有你，一直在优雅地弯腰。

你让我明白，一个人可以有缺点，这种缺点可以不马上得到改变。但只要心里有着真诚，这个人就会像一杯酒，别人和你交往的时间越长，你就会变得越发醇香。

那些年的我，仗着业务上的成绩，仗着你对我的无可奈何，任性地把辞职当成家常便饭。

第一次，你说："你啊，干吗像个小孩子一样？既然你决定了，那就出去休息下调整自己，公司的大门永远向你敞开。"

第二次，你说："出去闯一闯也好，如果在外面混不下去了，就回来。"

第三次，你说："需要帮助的时候就说一声。"

第 N 次……

每一次不管我是负气离开还是悄然逃跑，你给我的永远是满满的祝福。

现在的我，终于知道，在我二十多岁的时候遇到你这样的良师益友，是多么幸运的事情。

每个人心里都有一座不同的高山，谨慎地选择一座山放在自己的心里，不要太高，不要太远，不要遥不可及。这座高山将成为带领自己不断成长的灯塔，也会带着美丽的风景，一直静静地等待着。

山，就在那里！

你，就在心里。

现在，我们都很忙碌，我除了做出版外，还开始做电视嘉宾，涉足培训行业。你依旧做着自己的公司，花大量的时间去写诗。

我们只是保持着在社交平台上的互相关注，再没有太多时间进行现实中的来往。但我越来越能体会你带给我的那种心态，我们所做的一切，都是为了心里的坚持能够继续下去，比如你做出版，你做影视，是为了能给自己一个创作诗歌而不被生活琐事干扰的环境。而我，在不同的领域忙忙碌碌，也是为了给自己写作的梦想一个支撑。

梦想不变，生活就是美的和成功的。

最后，祝福你，我生命中无可替代的高山——沈浩波！

TO：老同学——你还会生活吗？

每年，我都会接到你们发来的那么三四次同学聚会的邀请。有小学的、中学的、大学的，还有鲁迅文学院的。

基本来说，尽管同学聚会这个主题相同，但同学聚会的地点不同，场所不同，所谈论的话题也略有区别。

但统一来说，有的特点是相同的，那就是同学们对我"殷切"关心、热心"指责"，唯恐我走错了路，干出了什么糊涂事的心理是共通的。

当然，这不是所有同学，而是一部分对我其实没什么记忆，只是得知了我的一些事情，觉得能够用帮助我、对我好来体现自己的优越感的同学。

其实，话说起来，同学会就是互相秀优越感、秀生活的这么一个地儿。热衷于组织同学会的有两种人，一种是现在混得不错的人，一种是过去上学的时候学习不好，现在却混得超出大家预料的人。

这些人往往是热心的同学会发起者，大方点的话可能咬着牙包下同学会大家吃饭的费用。为的就是大家羡慕的眼光、不绝的称赞。这也没什么错，对吧？锦衣不能夜行，风光了谁还不讲究点衣锦还乡来着？

而参加同学会的人，有部分是念旧情，想和大家见个面的。这部分人当然很少，不会太多。因为关系要好的，平时就可以常见常联系，不必非走同学会这种形式。

而大部分，都是抱有各种心态出席的。有两种心态又极为突出，一种是炫，在同学会上寻找点优越感，展现一下自己现在的风采；另外一种称为钻营，想看看同学里谁有点钱，有点权，能为现在的自己帮点忙，让自己拉上一层关系，少努力奋斗一段时间。

俗话说，天下熙熙，皆为利来，天下攘攘，皆为利往。对于以上这些心态、行为，我觉得都不足为奇。人嘛，活得现实点，功利点，也有道理。不能完全按照贤人的高标准、高要求来对他们进行鞭笞。

但是，唯独不能忍的，就是你可以拉你的关系、秀你的优越，但唯独不要为拉关系而打压别人，挤对别人；为秀优越，去蔑视别人，甚至嘲讽别人。

之所以感触这么深，那些对我没真爱，又特别乐意见到我的同学，你们就是这么对待我的。

小时候，我一直觉得我是个出色的人，一个与众不同的人。直至现在，我也觉得我是个与众不同的人。所不同的是，小时候我觉得我自己与众不同，是天生注定我不是凡人，我天赋异禀。老天安排我来到这个世界上，就是要我做出一番事业的。

而现在，我觉得自己与众不同，是因为我没向生活里的柴米油盐酱醋茶屈服，我没放弃我心里一直想要做的事。也许我过得不够好，在这个年纪，还没有车，没有房，没有结婚，但我心里还有梦想和狂热，还坚定不移地继续追逐着，而且在一步步地靠近。我和别人不同的是，我没背叛自己的心，没有放弃坚持和追求。

只是，无论是内涵怎样与众不同，都给我贴上了几个标签：理想化，不实际，没成就。

所以，我就成了一小撮人"集火"的对象。

说实话，有些时候参加同学会是很尴尬的。在刚开始靠文字为生，并且想要写一本自己的书的时候，同学会上，会有人过来故意高声问我："大作家，书什么时候出的？要不现在先给我签个名，免得将来火了你不认人。"

可是我这么说的人在私下跟别人说过："她也能出书？出什么书？我觉得她就是在吹牛！"

等到我出了书，开始做出版的时候，去参加同学会，一些随着年龄增长而越发实际的同学会问我："帮别人出书了啊，给明星出书？赚钱多吧？一本书你能赚多少钱？你一个月能拿多少工资？"

有时候，我也会回答，但答案是始终不会让你们满意的。说得多了，你们认为在吹嘘，书这东西,现在最大的用途就是放在书店和图书馆里。

谁还愿意花钱买书看？说得少了，立刻就是一脸可怜人的表情，或者语重心长谆谆教诲的姿态："现在这社会，生活消费多高啊！你就赚这么点钱，还在北京那个大城市，够花吗？做人啊，要实际点才好！"

如果现在我要告诉你们，对于这些事情，我一点都不生气，你们会相信吗？不管你们信不信，反正我信了。

虽然是同学，一起走过那么几年的时间，但是真的是罕有几个人能够了解我，知道我的为人，以及我心里的想法。

其实，对于这件事，对于你们，我完全没有半点气愤。只是觉得人生有些时候很残酷，而选择了更加实际的人，真的有一些可怜。

我见过太多的人，不仅是你们。都像一个时刻不能停止下来的陀螺一样，疯狂地旋转着，身后有着无形的鞭子在抽着自己不停地动。

生活逼着他们去变得越来越实际，没有什么梦想，丢开自己的兴趣和爱好，日常也没什么消遣。他们每天朝九晚五，每天为手头里的事疲于奔命，唯一的希望和激励来自奖金或者以各种名义下发的现金。

一切的努力，都是为了让自己的薪水多一点，房子大一点，车好一点，出来能够有面子一点。

这种对现实的追逐，却让这些人过得不怎么快乐。也许你们之中，有些人比我有钱，有人有了全款买的房子和车，却缺失了人生最重要的一个部分，叫作快乐。

　　人有自己追逐的目标，这个目标让你自己觉得兴趣盎然，才会认为自己为它做什么，都是富有乐趣的。

　　而只为了钱，无论做什么，你都只会觉得疲惫和辛苦。

　　好多人，真的不会生活了，当丢开了内心的梦想和坚持之后，当放弃了兴趣和爱好，选择了更为实际的生存发展之后。我的心理咨询师朋友告诉过我，那么多看似成功的人，物质充裕的人，不缺什么的人，往往心里孤寂而疲惫。他们自闭，或抑郁，或暴躁而焦虑。

　　只因为生活在他们看来，是一种颜色，一个样子，每一天都是前一天的重复和轮回。

　　我觉得，也许这些比薪水不高、没有固定的单位、没有升迁更为可怕。没了梦想，世界还是七彩的颜色吗？或许变成了单调和枯燥的黑白。

TO：伤疤——和别人不同的是，我从不背叛自己

最后见凯一面，四年前，冬天。圣诞节，西单大悦城门口挤满了兴奋得面色发红的情侣，站在大悦城门口的圣诞老人前自拍。

凯穿着单薄的夹克，还敞着怀，拿着那个破旧的诺基亚，四下寻找着我的踪迹。

碰头后凯说的第一句话："姐，我还是决定走了。"

我点点头，然后我们陷入沉默。一起穿过门厅进入大悦城，坐电梯到四楼去吃我喜欢的台湾菜。

这是我和凯最常见的相处方式，像两个陌生人一样对坐着沉默无言。他没有现在许多男孩的那种滔滔不绝，也不知道如何去跟别人过多地交流。

想去非洲，是凯一直以来坚持的事。这不是梦，他的想法很简单，就是证明给别人看，让别人不再看不起他。

凯是穷人家的孩子，而且是叔叔养大的。北京人，出生后不到一年，父母双双去世。按照胡同里老人的说法，这个孩子命硬，克人。所以他一直在亲戚那里都不太得脸，唯独叔叔不在乎，单身的叔叔把凯带回了家，靠藕粉和面糊把他养大。

即便如此，凯也很孤单。不说别人，连自己的爷爷奶奶和姥姥姥爷，都不太乐意让他进门。从小到大，凯都是那个不拿压岁钱的孩子。而叔叔在凯八九岁的时候下岗了，靠三天两头换地方帮别人打零工支撑着这个家。

这样的孩子，天生心里是有阴影的，也是不招人喜欢的。他脾气很倔强，谁对他不好就跟别人对着来，从来不顾忌到别人的面子和场合。初中的时候上课掀过桌子，和班主任动手，就是因为班主任嘲笑他天生就是穷命。

凯不太爱读书，或者说不喜欢学校的氛围。所以读到初中后，就被送去上了技校，叔叔想着是他能学门手艺，起码将来能够糊口。可是，才上了一个多学期，凯就被开除了。

他频繁地在学校内跟别人动手打架，大多是因为替同学打抱不平。别人捧他，说他能打，够狠，讲义气，就为这些话，他就能为别人两肋插刀。但是，真心愿意和他交往的人不多，因为他说话太直接。有什么事都不往心里藏，而且帮理不帮亲。背后有许多的同学说他傻，他听说后就恼怒了，追着人家打到办公楼，学校见影响太坏，要记过处分。他跟教导处主任杠了起来，把教导处主任气得七窍生烟，最后开除了事。

　　凯和我认识，是在他开始送水之后。他很勤快，你要水，他基本会用最快的速度送到。而且不惜力，恰好遇到什么力气活，或者换灯泡、捅马桶之类的活，都会顺手帮你干了。

　　久而久之，跟他熟悉起来，还有些奇怪，因为送水的大多都很会攀谈，会跟你客气几句。但他从来是换完水帮完忙就走，几乎一句话也不说。

　　凯和我们楼上邻居发生冲突那天，我恰好下班。他先上的电梯，但是后到的邻居让他出来，让自己先上。大概也是觉得送水的不敢说什么话，但凯就是不让，邻居嘴里说了脏话，他过去就揪邻居的领子。

　　围观的人不少，可是帮凯说话的不多。我看不惯，站出来说邻居做得不对。大概是怕纠缠起来没完，又看凯不太好欺负的样子，邻居说了几句场面话从步梯上楼了。凯对我说了声谢谢，从那之后我又多了个弟弟。

　　他不太会用语言表达对人的感激，但是行动上却会。以后我每次叫水的时候，他来送，都会带来一些东西给我，有时是超市买饮料送的钥匙扣，有时是一个棒棒糖或者一块巧克力。你如果不要，他就会很着急，把着急全都写在脸上。

　　凯好心办过错事。有段时间，因为经常要加班，所以我有不少的怨气。凯来送水的时候，就跟他发牢骚说我们领导到底有多欺负人。我没想到，他能找到我们单位去，直接找到我们领导，在办公室里质问我们领导为啥欺负我，梗着脖子，好像一言不合就要开打的样子。

这几乎闹得众人皆知，我暗自为他的冲动心焦，埋怨他未免有些太不懂得人情世故了。好在领导度量大，这件事草草收场，不过同事们看我的眼神都怪怪的。

我只能再三地请领导吃饭，而且叫上了凯。他来了牛脾气，就是不去，说凭什么还要请欺负我的人吃饭。我说领导其实平常对我挺好的，也很照顾。但他说："对你好，你那天还那么生气，你是好人，让你生气的人，就不是好人。"这一根筋的逻辑，让我竟然无言以对。

这件事平息之后，我生气他的乱来，对他有些爱搭不理的。这让他几乎抓狂，却又不知道怎么跟我交流。最后他想出的笨办法让我无可奈何，他也不说什么，就是一直跟着我走，一会儿开口喊一声"姐"。

我能明白，他对朋友真心地好，也能知道，一个素来没有朋友的人，其实比一般人更加珍惜得之不易的友谊。对于这种人，哪怕是他真的影响到了你，做了傻事，你也是没有任何理由去给他更多的责怪的。

那年圣诞，我和朋友去酒吧聚会，在酒吧里和另外几个喝醉的男人发生了争执。

男人们仗着自己天然的身高力壮的优势非让我们道歉，而且听来劝架的人说，这其中有几个是在那一带小有"名气"的社会青年。我们有些慌乱，有人拿电话报警，而我打给了凯，让他过来接我们回去。

凯来了，却不是来接人的。而是进来之后，不说二话就动了手。他人单势孤，所以一直处在下风，可是却拼命一般地不退缩，最后打到对方几个人都胆寒了。

警察来了后，把我们都带到了派出所了解情况。这个时候我才发现，凯的衣袖被划破，不知什么时候胳膊被狠狠地划了一刀。鲜血浸透了破烂的衣袖，他却像根本感觉不到一样，只是用眼神凶狠地盯着那几个男人。

事情了结后，朋友们都劝我离凯远一点。这种愿意拼命的混人沾不起，不知道什么时候就能给你带来大麻烦。但我却不愿意这样做，我不愿意这样丢开一个弟弟。

为了改变凯，让他有点变化，过得更好，我开始送他一些书，让他多看书，磨磨性子，也拿钱给他，让他去学点自己感兴趣的东西。可是他性情固执，坚决不愿意接受我这些好意，他说自己是男人，靠自己也能过上好日子。

当时我还不知道，我的这些做法让他有点伤心。他觉得，我也有些看不起他了。只是拿我当姐姐，没好意思跟我开口。

送水的活他不做了，找了一份跟车押车的活，很累，跑的多数是夜车。据说还有不小的危险性。

他干得很乐呵，这样收入会比之前多很多。再见他的时候，他瘦了，精神却很好，非要请我去吃哈根达斯，然后拿出钱包来给我看里面厚实的一沓钞票。

让凯兴起去非洲念头的，是一次争执。他的邻居和他因为宠物随便拉屎的问题闹了许久，邻居轻蔑地说："你不就是个臭出力的吗？牛逼什么？"这让他郁闷了很久。后来他询问我的意见："姐，我是不是该去做点生意什么的？现在做生意的不会被别人小看了吧？"

做生意，没有本钱。他从报纸上看到一篇新闻，如获至宝。新闻说，非洲是现在最好的淘金地，去非洲务工待遇很高。他兴奋了许久，简单地告诉了我他的打算，趁年轻去非洲奋斗几年，然后攒点钱回来做生意。让看不起他的人都看看，自己不是他们想的那样。

只是，去非洲，需要一笔中介费，数量颇为不少。而且我劝他最好别去，因为实在距离中国太远，非洲有些地方治安不好，也不安全，加上语言不通，真到了非洲，不知道会遇到什么麻烦，那个时候真的连帮他的人都没有。

可他不听劝，坚持说人活一辈子，就必须不能让别人小看。

他找了几份兼职，人都有些憔悴了，几次跟我吃饭，吃着吃着就鸡啄米一样地打瞌睡。我跟他说，钱我可以借给他一些，算是投资，将来他做生意赚了钱我也跟着沾光。

他认真地说："姐，你也不容易，这钱我不能要。"

我一度认为，现实让他放弃了这个念头。赚钱不易，攒钱也不易。而且去非洲那么远的地方，大概只是他一时心血来潮。

谁知道，在四年前圣诞的时候，他告诉我他要走的消息。留下的只是一句话："这几年我可能就不回来了，但是姐你有事就在 QQ 上留言给我，只要你有事，我随叫随到！"

对他的这个承诺，我相信，我觉得我一个留言，不管他身在哪里，都会义不容辞地回到我身边，伸出帮助的手。

我一直觉得，如果生于一个武侠小说里的时代，或生于古代，凯一定是一个侠客或者英雄。他可能不会有什么太出众的能力与本领，但是却有着一言既出、驷马难追的固执。

他大概真的很忙，连网也不多上了，更没有写过信。只是每隔两三个月的时间，我会收到一个来自非洲的包裹，里面是非洲的木雕、小工艺品，还有一些当地的零食。

凯在非洲过得不容易是显而易见的。他不说自己遭遇了什么，是因为他过得实在不算太好，否则一定会特意写出来献宝。即便在如此的情况下，他还是用这些东西传递着对这份友谊的牵挂，传递着他的心意，维护着我们之间这份感情。我觉得，能做到如此，真的就够了。

许多人都同意，朋友之间哪怕再好，一旦久不见面，不联系，感情就会慢慢地淡了，疏远了。我只想说，那只是因为你真的不够重视。如果真的够重视这段友情的话，哪怕条件所限，久不见面，那份感情和思念只会越来越浓。

　　我想，大概从我站出来，指责那个邻居起，从凯坐在派出所内，伤口鲜血淋漓起，他就用自己的真挚和诚恳，在我的心里留下了一个根本难以抹去的痕迹。

TO：发型师——要想守住摊，先守住自己的道

> ˅˅

　　"对不起，我剪发，从现在起，我不想听到你说话，不想跟你交流，不染色，不烫头发，不办卡，不护理，谢谢。"

　　这段话几乎不用动脑子，我都能从嘴里顺畅地说出来。原因很简单，那就是每到一家发廊或造型中心去，我都要在洗完头，坐上椅子的那一刻，把这些话说出来，避免即将到来的纠缠。

　　我没有行业歧视，但心里对美发师和发廊的某些做法却有些心结。这心结源于两点：发型师的发型，以及穿着和造型。也许是太过时尚，或许是我不懂审美。每次我看到，都不觉得个性和潮流，脑子里只会浮现出三个字：非主流。而作为一个骨子里文青气息严重的后期文青病患者，我恰恰是不喜欢的，觉得他们太过招摇。

　　而且，去过那么多发廊，认识了不少发型师。无论手艺好坏，大都给我一个印象，那就是有些肤浅。他们几乎不怎么读书，所会的是

和顾客攀谈与推销的话术。也没什么追求，谈论的无非是一些浮躁的话题和时尚。

我常会有点恶趣味地故意问发型师："你什么学历啊？为什么做了这个？"以满足自己小小的恶搞心理。所以，我猜那些发型师一定也极不喜欢我，在面带微笑、回答我的问题或为我服务的时候，也一定在对我腹诽。

另外一点不喜欢，大概是发廊弄错了"顾客是上帝"这句话的含义吧。虽然看起来殷勤、周到、热情，总带着微笑，甚至对顾客有一点点的恭维。耐心地为你着想，让你做护理、换发型，烫个头发跟上最新的潮流，保持别样的美丽。但在我觉得，却是热情得有点过度，而且有绑架消费的不适感觉。你见过上帝被人要求非办卡不可，否则就滔滔不绝地想要说服你，如果你拒绝，能感受到他对你的态度有了根本的变化吗？我想一定没有，但为什么我们这种上帝，就要享受这种待遇呢？

所以，对我来说，换发廊是常事，换发型师是常态。因为我的所作所为不讨喜，发型师和发廊不会认真和耐心地在我这样的顾客身上下功夫。

到上海后，要做头发，各种纠结。缘于之前在北京遇到一个还不错的发型师，听说他们上海有分店，就想问问他有什么推荐。

结果他没回。我就自行在微博各种搜索，然后，就看到文轩的照片。

我一直相信，相由心生。他的眼神让我看到了一些故事，我尝试和他联系了。

同事说："你别冒险，我给你介绍一个发型师吧。人特好。"

我有些不以为然，觉得所谓人很好，是手艺还不错，加上会说话，推销起来更隐蔽一点，才给同事造成了这样的错觉吧？

找到了文轩，看见他的第一眼，我就愣了。笔直的大红色西装，温暾的腔调，第一次见人穿这么招摇的颜色却显得那么大方优雅。我对他有了莫名的信心。

没有逻辑地道出了我的要求，要短，要个性又不要太怪异。

他耐心地给我修剪头发，真的一直沉默，什么话都没说，这是其他发型师做不到的。耳边只有店里音响播放的音乐声在萦绕，时间过得似乎有些慢，又有点闷。

恰好此时北京的发型师回了我消息，推荐的就是他。我乐啦，顺势自己打开了话匣子，问他，做这行多久了等等。

他开始跟我拉家常，却没有提及一句关于其他服务项目的事。只是干活的时候精心又耐心。时间要比之前我遇到过的发型师更久一些。看着镜子里，他端详一会儿，小心地挑起一撮撮细发，一点点修剪的样子，我忽然产生了强烈的好奇。他到底是真的与众不同，还是老谋深算，故意不主动提起，耐得住性子钓鱼呢？

我从未怀疑他是新人，羞涩。因为，他修剪完的发型，没了平素刚修完发型后，让我觉得怎么这么丑的感觉。

出于好奇心，我又去找了文轩几次。结果发现了许多细节，这家店是他在管理，他却从来没有当成谈资提过。而且他自己在给任何顾客做头发的时候，除非顾客提出，否则他是不会去推销其他的服务和用优惠要顾客办卡的。

实在忍不住，我问他："为什么会这样？和我之前去过的店，见过的发型师都不一样。"他笑了笑，略带羞涩地说，做美发这一行，不能强迫客人的。客人愿意不愿意在你这里消费，是客人自己决定的。只要你的技术好，服务好，不用说也能留住顾客。服务差，技术差，办了卡人也留不住，说不定还有麻烦。

他自己告诉我，他没读过多少书，但是这些话，却说得很在理。我问他怎么能想到这些的，他认真地思索了下，说"以前看过一个小品，有个修鞋的说，想守住自己的摊，先守住自己的道儿。"然后问我，"你说我说得对不对？"

逐渐地跟文轩熟了，又喜欢他的性格和想法。觉得他心里简单、真实，还有几分童趣。

后来，莫名其妙地，我就认了他这个朋友，不是口头上那种，而是搁在心里的那种。并不觉得牵强，而是自然而然，水到渠成。

我想，我们能投缘，大概是因为我们都是有想法的人吧，而且都很努力。

他要求我多推荐给他一点书看，最好是关于店面管理、营销和服务的。说起来惭愧，每次接到任务，我都得找助理或朋友去询问，去讨教。因为我自己在这个方面近乎白痴。可是我愿意帮这个忙、费这个时间，搭上自己的人情。我觉得值,在文轩的身上,我看到了现在很多和他年龄相仿的孩子身上所缺失的东西,那种上进、踏实。真正地努力去做,而不是仅仅停留在说的阶段,不是那种能把自己的梦想和未来吹嘘得天花乱坠,实际上却不曾为目标有过太多的实际行动和付出的人。

文轩,我知道,你一定会成功的。而哪怕现在你还没有实现自己的目标,我也觉得你已经成功了。成功并不是一定非要做到什么,有着什么样的量化标准,而是为做到什么一直在不辍地努力,不浮躁,不被身边的其他声音诱惑,能坚守自己的想法,一直在走,并不停歇。

我觉得,你是一个值得所有人,在途经你店面的时候,都应该进去坐坐,跟你聊聊,认识一下的人;是一个出色的、将来会更出色的发型师;是这个高效社会里,真正能不忘初心,找得准自己定位的孩子。

我想,大家都应该和我一样,想有你这样一个朋友。

TO：情圣——真心和技巧都不可或缺

"情圣"是你的绰号，你也一直很享受这个绰号。

其实相处得久了才知道，你并没多少段爱情，也非遍地都是女朋友的男人。你所以被称为"情圣"，是因为只要女孩跟你接触过后，一般都会对你有好感，甚至不乏有人愿意倒追。

如果不是有人在我面前这么夸赞你，也许我们永远都是两条永不相交的平行线。年龄虽然相仿，可圈子却截然不同，注定不会有太多的交集。

只是有人在我面前这么夸赞你，就格外引起了我的好奇。心中难免猜测，如今号称情场圣手的男人不少，但必有其资本，或家境殷实如王思聪，或容貌帅气如吴彦祖，或气质诱人如钟汉良。再次一些，长了一张明星脸，自然也到处受欢迎，又或嘴甜、手勤，愿意拿小架，把自己放得低一些，让女孩有了一种自己变成公主的感觉，也能获得许多女孩的好感。

我对仗着这些资本横行情场的男人一向不屑，觉得凭的不是真心吸引人，这"情圣"之名难免有些名不副实。归根结底，不过是三个字——"会做人"罢了。

在我面前夸赞你与众不同的姐妹，却说这些你都不占。没有首富老爸，没有高颜值，没有卑微的态度，所以我才怂恿着姐妹约你见一面，想知道你到底凭什么混出这样的名头。

想见一面，颇难。几次邀约，都被你推辞说手上的事儿比较多，没有工夫，只能下次再约。

我好歹也算是约过真正档期满满的明星的人，知道所谓忙碌，不过是推辞的手段，或者说根本就是拒绝。如果认为约见的人重要，时间就像海绵里的水，挤挤总是会有的。

于是这次见面，就生生地一拖再拖，拖了三个月，才最终算达到了目的。约会的地点是你选的，在一家提供咖啡和饮料的书吧。

真正地见了，却有些失望，你还真的如姐妹所说一样，貌不惊人。热情有，却不善言谈，而且先到一步的你，自作主张地替我们点了饮品。帮我点的是一杯腻人的卡布奇诺。似乎你真的不明白，这种名头不小的饮品，爱的人极爱，厌的人却极厌。

我们相对，有些冷场，我看不出你有长袖善舞的交际本领。我们只是浅浅地说了一下各自的爱好。知道我做图书、也写书的时候，你有点不好意思地说，自己不大喜欢看书，只在失眠的时候会翻几页，权当安眠药使。

于是心头略微不悦，心想什么样的女孩，会喜欢你这种男生？既不体贴，也不温柔，约会更是随便，自作主张。倒贴钱尚且要考虑。大概喜欢你的，也都只是些追求特立独行的非主流吧。

约会结束，我还抱怨姐妹，平白地浪费了我这么多的时间。根本不值得把精力放在认识这样一个人身上。也暗恨自己的好奇，觉得这么大人了，还做这么不成熟的事，自讨无趣。

我记得你并未跟我互留联系方式，连这种寻常认识后虚伪的表达都没有。却在几周后，我接到了一个陌生的来电。竟然是你，你说办事路过我们公司楼下，问我在不在，想约我出来坐坐。

心中冷笑，上次见面你一拖再拖，这个时候为什么忽然跑出来献殷勤？是办事的中间，无处可去，想找个伴儿打发时间，还是上次因为有姐妹在旁边，你故意绷着，现在又要耍什么伎俩？

依旧是败给了好奇，所以我决定赴约。这次是在一家咖啡厅，我到的时候你已经在等待，又是帮我点好了饮料。只是这次不再是卡布奇诺，而是我喜欢喝的苏打水，杯子里，不多不少地放了我最习惯放的三片柠檬。

你先是跟我致歉，表示上次一直推迟见面不是本意，实在是手上有比较琐碎的工作要做，虽然有时间见面，但见了面自己心情不好，大家也不会开心。然后忽然口风一转，跟我谈起了我的那本《非诚日记》。

很显然，你是花时间和用心去读了那本书的，不仅能对里面的细节如数家珍，还能读得懂，我在其间一步步内心的蜕变，感受得相当到位。

当时我略有一些震惊，不知道你下了多大的工夫，去看了这本书，要知道，读书对你来说，是犹如催眠的。

只是，我也算是江湖闯荡多年的高手。始终不露出笑脸，而是偶尔看你两眼。

最后，我憋不住问你："你是不是对所有的人都这样，首次见面，故意吊别人的胃口，把自己的形象分拉到很低，几乎不给别人留什么希望，然后下次再创造机会见面，就表现得截然不同，别人因为反差，给你特别虚高的分数，而且觉得你对他非常看重和关心？"

你愣了，瞪着我，然后竖起大拇指，扑哧一声笑了，坦率地对我说："你看得太准了，其实我就是这么一个人！但，跟你想的也有差异。"

你说自己和别人首次见面，都是随意的，没有什么吊胃口的想法，也不是故意给低分。而是本来你就是一个不大会应酬和交际的人，所以说话也少，听的时间更多。

第一次见面，实际上是在考量，对方是不是合自己的胃口，对自己的脾气。如果完全不搭，那就这样吧，仅一次交集而已，下次见面，想起来了就打个招呼。

但如果觉得对方可以交，适合成为朋友，就会用心地去对待和了解对方。用心对待和了解了，那下次见面自然能表达出自己的善意和用心。用心，只有让对方看到，才会有促进两个人之间关系的可能，否则，就是白费。

所谓的反差，大概就是用心不用心的区别吧。

我故意问你："你是否借此机会，在向我表功，证明自己用心了。"你笑笑说："起码我了解到了你喜欢喝什么，翻完了你的书，你可能会觉得我太功利，过于讲究技巧，不够真心。那么我问你，如果你不是真心地想要和一个人成为朋友的时候，你会不会愿意在他的身上花费时间和精力？"

虽然我嘴上不服输，说："谁知道你是不是根本没什么事做，这么闲？"其实那个时候我就已经被你说动了。在这个社会，这个时代，对待一个人好与不好，完全是可以看愿意用多少时间在他身上来衡量的。这点谁都无法反驳。

第二次见面，你说的让我记得最清楚的一句话是："你也许觉得，我做这些事，大家都能做到，就是看一个人懒不懒。我却认为，做不做这些，关键不是我懒不懒，而是我觉得值不值。"

此后，自然而然地，就多了联系。你从不在我朋友圈里点赞，却总能捕捉到我发的大多数朋友圈的心情，会私下里通过微信去安慰。当我遇到问题的时候，你会私下里问我，需要不需要帮忙。

认识你半年后，你生日的聚会上，来了那么多人，是我见过的规模最大的生日派对。你和所有人都显得很熟络，没距离，谈笑风生的很开心。

那天你喝醉了，当着大家的面说，自己和大家相处，其实是用了一些心思和技巧的。但是你不觉得自己做错了，人只要有一颗真心，加上技巧这一辅助手段，就会让人和人之间的感情变得更加牢固，会让大家明白你的心思。

只有技巧，而没有真心的付出才是流氓王八蛋，但你永远不会做那样一个人！

我能拿你当朋友，就在于你的这种坦率，哪怕这种坦率，如果腹黑地去分析的话，可能也是一种技巧。可那又如何？谁会在一个根本不想接触的人身上下功夫？想明白了这点，你那些能让大家相处的舒适的技巧，也就因此变得可爱了。

益友，定是良师。从你这里，我也学到了不少东西。不再鄙薄技巧，认为它是和真心相悖的东西。这种心态上的改变，对我过去有真心却不能让人明了，总是因为误会和别人闹得不开心，自己还格外委屈的状态有了很大的帮助。

　　你可以姑且把我这封信，当成一个表达我心迹的技巧吧。有没有真心把你当朋友，我知道你必然能够读懂。

章六 时光

〉〉
〉〉

时间都去哪儿了?
留给了我们什么?
不只是容颜上的沧桑,
和两鬓的白发。
是不是还有从容、淡定、成熟和优雅?
对你,每个人的看法是不同的。

有人说，时间是把杀猪刀。有人说，你能解决世界上一切别人解决不了的问题，如果遇到难缠的麻烦，那么请交给你处理。

有人说，你是残酷的，会带走一切，包括青春、年华，以及爱情。也有人说，你是公平的，你带走了很多，也给予了很多，比如说智慧、经验、阅历、成长，以及最难能可贵的成熟。

曾在儿时，听到过一个看完神话故事后的稚嫩的问题。那就是为什么人在投胎之前，都要喝一碗忘掉一切的孟婆汤。当时，实在是很难给出一个确定的答案。

直至后来长大，静思的时候一个人慢慢地去想，去琢磨，才醒悟，如果说真的有孟婆汤这种东西存在，如果说神话传说真的变成现实的话，其实这一碗孟婆汤，是对时间的恐惧，是对时间赋予一个人的东西的恐惧。如若有一个人，带着这些时间赋予的东西重新来过，恐怕他能够打破不少的阻碍，创造一个又一个奇迹。

所以，当别人对你的感觉只是珍惜的时候，我对你的感觉还有尊重。

人生漫长，其实也苦短。白驹过隙一般，忽而之间，我就从一个懵懂无知的孩子，变成了一个步入中年的女人。

一切宛若一梦，你就在无声无息中流逝了。施加在每一个人身上的魔法，让所有人随着你挥舞的魔法棒，改变了自己的样子，变成了一个或许是自己幼年时想要成为的人，或许变成了完全与自己过去梦想不同的人，甚至有的变成了自己当初最厌恶的那一个人。

子在川上曰："逝者如斯夫，不舍昼夜。"在悄然当中，你带着我走过了一个又一个年华，春花秋月，夏荷冬梅。在钟表的滴答滴答声当中，似乎我瞬间长大和成熟。

尽管极速，但在我的外貌上，也在我的心里、脑海里，留下了你曾来过，带我走过的那些痕迹。

我一直觉得自己很是幸运，在跟随你走过的这段路上，没有跑偏。没有彻底地在你的魔法下成为一个当初最厌恶的自己，而是保持了当初最想要的自己和状态。

你给了我成熟，我却未因成熟而学会戴上面具；你给了我阅历，我却未因阅历的增加而变得懦弱和虚伪。你带走了我的稚嫩，却在我心中依旧留下了不变的梦想。

这一切，我在感激你的同时，也要感激我自己。

或许，只有你和我才知道，能做到这一切究竟有多么不容易。要忍耐走过的这段光阴里的酸甜苦辣咸，要忍受这段年华里的孤单、寂寞和伤害，更要拒绝一些看似更为便捷和现实的诱惑，才能坚持自己的理想，不变自我的初心。

"财富"这个词，曾在我的心中很是狭隘，以为它就是钞票、黄金、车子、房子的代言。那个时候的我也还轻狂。并不明白，我所以为的这些，都只是财富外在表现的一些比较明显的符号。

后来也曾清高，觉得只懂得追求财富的人，未免有些过于现实和功利，浑身充斥着铜臭味。直到慢慢地你带着我不断地经历，不断地走过，才明白，拥有财富的人真的是走向了成功。不过在那个时候，财富在我的眼里，在我的心中，已经完全不是过去的样子。

隐形的财富，看不到的财富，才是最真实的财富。它包括了一个人走过多远，见了多少，拥有什么样的境界和心态。

做了这么多事情，遇到过许多为写书而采访过的对象，节目里见了太多平凡和不凡的人。

财富是那些过去抗战和援朝老兵身上的风骨和做人的原则，生死之间赋予他们的豁达和开朗，对世事的通透。他们未必有钱有势，但生活得却平淡且幸福。财富是一个人拥有梦想和逐渐提升自己追逐梦想能力的坚持，他们或许距离最终的目标很远，但是不空虚，过得充实而忙碌；财富是那些名人所遭遇过的挫折和坎坷，他们的每一点感悟和感慨，虽然看起来没有名誉和地位那样的光鲜，但把人磨砺得更加让人亲近和成熟。

其实你把财富给了每一个人，只是有的人懂得珍藏和珍惜，有的人却将其像丢弃包袱和垃圾一样轻飘飘地丢弃到了垃圾箱中和角落里。

我格外强烈地想要向所有人展现我这些看不到的财富。并不是为了炫耀，而是为了铭记；并不是觉得自己的这些财富有多么的出彩，而是想让更多人明白，它们有多么珍贵，而你又是有多么慷慨。

请允许，我以你带我走过的那段光阴作为一个又一个隐藏着财富的节点。我想这也是你想看到的。

时光静好，满路芬芳。

TO：童年——相守不是依恋，而是陪伴

⌄

　　孩子都是简单的，在孩子的眼里，人和世界都是简单的。因为，孩子的心里是自私的，尽管有爱、透明，但在他们的心中，一切都是围绕着自己来转的。计较着我能得到什么，我是不是会开心，是不是会难过。

　　所以，孩子是需要成长的。而成长不能仅仅去看年龄的增长，时间的流逝。我见过太多青春年华的孩子心里像个老人一般萎靡不振，精于算计。也见过太多中年人，内心还懵懂茫然，不知归途。

　　很多时候我都在想，如果在我童年到青春这段时间里，作为时间的你，如果不给我那么多感悟和经历，我现在会是个什么样。结果答案无一例外地格外糟糕，甚至让我有种不敢深想下去的恐惧。

　　犹记得，10 岁的那年选中队委员，我的票数明明高过了那个鼻子翘翘的小女孩，可是老师最后还是选了她不选我，只因为她是老师平

时偏爱的小女孩。我红着眼睛瞪着老师和那个姑娘的笑脸，眼泪在眼眶里不停打转。好朋友拉拉我的手，给我递过来一块手绢擦脸。

我很想去和老师理论，但是还是没有这个胆量。在家里的饭桌上闷闷不乐了好久，外婆的手干燥而温暖，她抚摸着我的额头，问："乖，你是不是生病了？怎么今天都不跟我说话呀？"我把头窝进外婆的怀抱，终于忍不住，所有的委屈化作眼泪倾盆而下。

最后这件事依旧没有结果，因为爸爸妈妈说为了这事得罪老师不好，外婆给我在校门口的小摊上买了一块两条杠的塑料牌牌，我放进了抽屉里却再也不肯看它一眼。鲜红的颜色像是刺痛了我的眼睛，从此以后我不再热心于任何的选举。突然在那一年，我好像懂了什么叫成长。

15 岁那年喜欢上了一个总是穿着白色衬衣的男孩，他有着好看的嘴唇和漂亮的侧面，那一年的我还不懂什么叫作暗恋。那一年开始迷上了姓名数字配，自己的姓名笔画和他的姓名笔画有多少的缘分指数成了我最关心的话题。上课的时候我偷偷看着他的侧脸，期望他也能认真看自己一眼。

后来有一次老师把我们的座位调到了一起当同桌，我激动得一晚上没睡着，想着明天要怎么和他打招呼才能看起来漂漂亮亮。我打听他的爱好，学着他写字的样子，买他最喜欢的漫画。日记里面写满了他的名字，和朋友聊天的时候总是不经意提起他。同学起哄说我们两个是一对，我红着脸急忙否定，却在心里一阵欣喜。

　　他最后还是没有和我在一起，17 岁那年的夏天，看着他牵着隔壁班的漂亮女孩，她总是穿着漂亮的裙子，就好像公主一样高贵美丽，两个人说说笑笑美好得就像一幅画。我手里的棒冰掉在了地上，看着街边橱窗里的自己，就像是一只毫不起眼的丑小鸭，我也多么想追上去告诉他在那些年里我是多么喜欢他，可是最终没有做。

　　我回到家里盖上被子没日没夜地睡了一整天，没有人知道那时候的我经历了怎样的改变。我告诉自己爱过一个人就不后悔，似乎是那个时候，我开始觉得自己也明白了爱情。

　　17 岁的时候我发胖，为了减肥戒了零食，只靠吃苹果过日子。我有一个死党，天天怎么吃都不胖。她拉着我去吃烤串，但是我看着只能流口水。有一天我在楼梯的拐角处听到两个同班的女生议论我臭美，长得那么胖还减什么肥，怎么减也减不下去。

　　我的眼泪差一点就要流下来，想到了体育课自己怎么也跑不快时老师那善意的微笑似乎都含着一丝嘲讽。我想到了过年的时候亲戚来我家从没夸过我漂亮只是说我结实，也想到了过年的时候爸爸带我走遍了商场的女装专柜可是就是没有找到一件能把我塞进去的衣服。

　　我想到了很多很多，开始妒忌为什么有人可以怎么吃都吃不胖。当我终于努力甩掉了一身的肉时，在街上与从前的同学相遇，她们都认不出我。我一直都以为自己那么做是为了让别人眼里的自己更美丽，后来我才明白其实我只不过是要证明自己。

　　18岁的时候我上了大学，遇上了许许多多的好朋友，开始了丰富的生活。有一个男孩告诉我他对我有好感，他没有我15岁就喜欢的那个男孩长得那么帅，但是干干净净也很讨人喜欢，恰好那时候的我也期待爱情，就牵手走在了一起。我们有过一段很快乐的时光，我觉得他怎么长得那么帅。

　　我们在学校里游荡，看着这片叶子和那片叶子的不同形状，他在我不经意的时候吻了我的脸，然后害羞地冲着我傻笑。我觉得那一天的月光都是粉红色的。可惜后来渐渐有了争吵，他不记得我们的纪念日总是让我生气不已，我说他不会关心人，他说我太依赖他让他没有自由。

　　后来终于到了无法挽回的地步，他告诉我他爱上了别人，我放开手让他走，和朋友一起去喝了个昏天黑地。我靠放纵来麻痹自己，终于被一个好朋友的耳光给狠狠扇醒，她说我何必那么傻。我抱着她哭了一个晚上，好像从来都没有过那么伤心。

　　第二天肿着眼睛去上课，告诉自己伤心的事情从此绝口不提。在食堂的时候我看到了他和他的新女友，努力咧开嘴角做出了一个宽容的微笑，却还是忍不住匆匆跑回寝室大哭了一场。

　　我学着告诉自己要去祝福和宽容，我学着告诉自己要去成长和放开。试了一次又一次，那个夏天，我忽然想起了很多年前的外婆的怀抱，然后给自己擦干眼睛，告诉自己从今以后要坚强要靠自己。

我最后遇上了那么一个他，不算好也不算坏，不算丑也不算帅。他在我难过的时候给我肩膀，在我失意的时候给我怀抱。我们都经历过一些什么，所以开始学会收起自己的任性彼此珍惜，我们偶尔也会争吵，但是总在闹得不可收拾之前握紧了对方的手。别人说我们这样的爱情就很好，我笑了笑说，其实明白才最好。

他不是我的罗密欧，我也不是他的朱丽叶。我想自己明白了那句"最好的爱情不是依赖，而是陪伴"。那些轰轰烈烈的离别我们已经承担不起，只是想静静地彼此依靠。

我们总是在长大，有着太多的委屈，从说不得，到不必说。

后来有次同学聚会又遇上了那个曾经暗恋得死去活来的小男孩，如今他也已经长大，嘴唇和侧脸还是一样好看。他没有和公主走到现在，身边来来去去了好几个女孩。同学们闹着要玩真心话大冒险，恰好抽中了我。一个男生问我当年有没有喜欢过那个男孩，我笑着说喜欢了很多年。大家一阵起哄，他也笑眯眯看着我。

我曾经以为有些事，不说是个结，说开了是个疤，可是你解开了那个结，才发现那里早已经开出了一朵花。

我笑了笑对自己说，没有什么过不去的，这也就是生活。

我还是学不会太主动地去争去抢，也还是不喜欢那些哗众取宠的人，但是也开始学着为了自己和自己爱的人去争取。有人在路上撞了奶奶还不道歉的时候我会生气会理论。我仍然为了自己那个庸俗的叫作梦想的东西而在努力，我仍然努力地去爱，去奋斗，哪怕头破血流也不害怕。

　　我的心里一直活着一个沉默的小女孩，她是我，也不是我，她提醒着我的失去，也装着我这些年来的明白。

TO：成年——舍了欲　便得了求

你是我人生变动最为频繁的时间。这期间，我从西安到武汉，又因一些事由武汉而归西安，最后从西安到了北京，扎下根来。

你也是我成长最快，变得慢慢成熟的时间。遇到了人生中仿佛注定要遇到的一些人，经历了人生中注定要经历的一些事，酸甜苦辣咸，五味杂陈。

我在这期间，曾对这个时代有些绝望。因为恍然觉得，人与人之间还有信任吗？也曾自觉找到了在这个社会生存的一些规矩，为自己量身定制过一些面具，戴上却觉得并不合适，而且磨得自己的内心血肉模糊。

在想笑的时候，偏偏装作流着泪；在想哭的时候，恰恰需要赔着笑脸；在要直抒自己内心郁闷的时候，却只能闭口不言或言不由衷；在不想说话的时候却不得不在心里组织着讨好的语言，非要说些违心的话。

一切只因为，我觉得这样能够让自己过得更好。但这所谓的好，却一定是堵心的。于是茫然，也恍然，不明白这样的日子到底是好还是坏。如果不是好，为啥还有那么多人这样过着，而且变本加厉地这样生活着？如果是好，一个人如果失去了所有心中的欢愉，那人生还有什么值得高兴和追逐的事情？

那之前，我是一个自我的人，是一个简单而直接的人。我行我素，认定过好自己的日子，做好自己的事，就是整个人生。

我无法想象，为何当一个人真的和大多数人不同，而且微有成绩的时候，那么多的麻烦、纠纷、矛盾和暗中的陷阱，以及脏水和板砖，它们扑面而来，让人应接不暇。

那时候，我刚刚从写字当中得到应有的乐趣，满脑子都是文字和故事。可能是因为纯粹和努力，所以也刚刚得到了一些回报。

中国"80后"新锐作家"四小花旦"之一，在当下国内一线的刊物做编辑。几乎每期的主力编辑，除了编出评刊时反响最好的稿子外，还会每个月做出最为抢眼的综合话题策划。

某天，上班的时候，忽然觉得身边的同事看我的眼光怪怪的。还不知道自己为网上的谣言所侵袭。直到要好的同事私下里发来一个网上的链接，才发现自己在不知不觉中，被人悄然地打了黑枪。

有作者说我以做图书的名义，昧下了她的小说，剽窃了她的灵感，使用了她的桥段，发表后也克扣了她的稿费。

　　这些纯属无稽的说法，一个编辑，收到稿子，当然要修改精编。至于改到面目全非，只留下几个可能的闪光桥段。那只能说明稿子本身的质量与发表的要求不相符合。

　　更让我心疼的是这位打黑枪的作者，平素笔耕不辍，相当努力。但天赋不高，罕见有稿子变成铅字发表。而她平素一口一个"果果姐"的亲切与勤奋，让我觉得她是一个值得去帮助的人。

　　那篇引起纠纷的小说，几乎是被我完全推翻重新来过。这本不该是一个编辑去下的功夫，为的只是给她一个安慰，一个成果，一个让她能够继续写下去的奖励，所以我格外花费了不少时间。

　　没想到，最终落得了这个结果。至于克扣稿费一说更是无从说起，每家杂志的稿费略有浮动和不同，这些都是在约稿函上写明了的。是低还是高，最后要根据文章见刊后的评刊结果和稿子级别来评定。

　　她的稿子是 C 稿，但她觉得稿费应该按 A 稿的标准。也罢，如果有疑义，应该在第一时间来询问我。没想到她却不声不响，觉得自己受了欺骗和委屈，直接在网上各大论坛开炮。

　　要好的同事建议我，最好迅速做出回应。这黑锅不要背，事情越拖延就会越说不清楚。我却没有听从，不想撕破最后的脸皮。这一切于我是没多大所谓的事，但对作者，也许会产生很恶劣的影响。

　　让我心痛的是，我对她的心疼却没有得到理解和回应。想在 QQ 上和她说明白，却发现她已经把我拉黑。打电话，永远是无人接听。

　　而当老大把我叫进办公室，轻描淡写地问，是不是和作者发生了一些纠纷的时候，心更是一下冷到了冰点。因为老大用的词是"纠纷"，而不是"误会"。虽然面上没有带出来什么表情，但口吻里却带出了一点不悦和疑问。

事情没有像想象那样逐渐平息，而是口诛笔伐在网上越演越烈。她大概把我的沉默，当成了不敢面对的懦弱，于是气焰就变得越发嚣张。

很快，有其他作者来询问这件事情，这也成了业内一时间的谈资。有些作者甚至不再交稿给我，原因在于失去了对我的信任。心更痛，但依旧我行我素，我觉得有些事不必解释。对于不信任你的人，解释也是乏力、苍白而无用的；对于信任你的人，解释是对双方这份信任的侮辱。

后遗症和副作用随之袭来。接下来两期，本该我月月负责的综合策划，被老大分配给了其他的编辑去做。没有给我任何一个说法。

而更让我难过的是，我再次见到了她那种不流畅的文字，个人风格明显的稿子。换了个笔名，在其他编辑的手里出现。

而那个编辑，则是新来不久，我一直愿意帮助的一个同事。好像我所有对别人的好，都变成了最后对自己锥心的伤害。

事情最后明确，这是编辑寻找到那个作者，蛊惑她一起设的一个局。像一个泥沼，让我陷入后无心挣扎。是的，她们大概把握了我的内心和性格，知道我即便有力反驳，也不会去这么做。这只会让我的心越发地冰冷。

似乎一夜之间，我便读懂了每天面对的张张笑脸后潜藏着的阴影和另外一面；发现了身边原来没那么单纯，充斥着钩心斗角的无形硝烟。

一个人活得越明白，就越容易痛苦。不再被蒙在鼓里之后，才醒悟，这次事情实则差不多是一个办公室里的人对我联手发难。

而我不能明白的是，他们这样处心积虑为的是什么。大概是想从我这里得到一个不算出色的作者，让我陷入一个难以辩解的境地，从而让更多的成熟作者开始对我产生疑虑，然后私下瓜分我的作者资源。还有从我这里拿走大概每个月能有一千多块钱版面费的策划板块。

就只是这么多的一点钱吗？

后来才明白，的确是，就是为了这些。为了多一点微不足道的收入，多一点在老大面前的口碑，多一点得到"优秀编辑"称号的机会。

而很久之后，我也发现，还多了一点对我报复的快感和刺激。我的言行，我的业绩，甚至我每天比较多的快递和花销，都成了他们眼中的原罪。

我辞职，离开，老大这个时候开始挽留，口口声声表达对我的信任和看重。但我却不想继续了，哪怕他许下了给我升职的承诺，也依旧留不住我。我厌恶这种生存的环境。厌恶和几个斤斤计较，为了五斗米都不到的利润钩心斗角，暗中下手，斗得你死我活的人在一起工作。

离开后，大概不到一年又回头。原因是刊物的发行变差，稿子质量参差不齐。老大说："你也不愿意看到过去自己付出的心血，就这么一点点地沉沦吧？"

回头，义无反顾，丢下了在武汉更高的职位和更好的待遇。重新回到西安后，发现差不多一年的时间，这里依旧没有任何改变，哪怕刊物质量下滑严重，办公室里的同事们还是一样没有改观。

我回归的第一天，就发现他们都像看待陌生人一样，对我缺乏一个微笑、一个问候。那个最要好的同事把我带到最里面的角落里的办公桌边，告诉我，这是得到我回来的消息后，其他同事故意给我留下的。

生气得几乎要爆炸，但又无可奈何。我又做了三个月不到的时间，然后直接选择了离开。

在去北京的火车上，我其实很为难，我不知道这样的境遇到底会不会继续。不是有那么一句话吗，有人的地方就有江湖。

很久很久之后，久到我觉得这些事都是上辈子发生的时候，我已经在北京做得不错，心境也变化了许多。我忽然觉得站在桥上看风景本是一件很惬意的事情，偏偏因了桥下的人把自己当作风景，于是开始为了做桥上风景而不能自由，一个字：累。两个字：无奈。三个字：超郁闷。

确实，不管自我施重还是被别人施重，都是一种能力，可惜前提是你有负荷重力的心态，否则就会失重。贪欲将不断辖制内心，反而给了黑暗势力以乘虚而入的空间。也因此，负面的想法、悲观的情绪一直掌控了许多艺人。不少明星都要靠吃安眠药度日，一度不能走出抑郁的阴影。

要常在河边走，又怨那河水脏了鞋？要红得紫，又怪紫得不纯色？

萧亚轩成名后面对媒体的负面报道，一度想不开，整天不想出家门，连逛街也没兴趣。后来逐渐明白圈中规则，不因他人之语或喜或怒，一切皆因自己胸有成竹，反而因此美丽更上一层楼，成为新任天后。

所以说，攻易守难。攻时心开，反正一无所有，能得最好，守时却瞻前顾后。这也舍不得啊，那也放不下啊，最后满满地占据心房，真正的力量反倒因窒息而亡。

名利圈舍了欲，便得了求。

人最伟大之处不是征服别人，而是征服自己，内心有一股敢于彻底改变生命的力量。这个力量或来自爱，或来自情，归根结底却来自一个心思：淡。淡了就放了，放了便是舍了，而舍与得又是常常连在一起的，于是，舍了也就是得了。

如若得了一颗轻松的心，舍了全世界又如何？全世界已不放在眼里了，又有什么还能阻挡你？一切，那不都是你的了？

TO：智慧——35 秒，一个游戏

恋爱的时候女孩喜欢自己被宠得像一个公主，无论自己怎样放肆，都不允许对方反驳。而男孩往往是没有太多耐心的，一开始的时候可以言听计从，到了后来便有些厌倦。

男孩讨厌女孩说"随便"，因为"随便"两个字经常让他们焦头烂额。因为思考女孩的心无疑是比玩奥数还难的一项枯燥乏味又很难有正确答案的工程。

男孩会说，你说什么就是什么吧。然而，女孩却乐此不疲地让男人猜一会儿她要说什么。男孩只有无奈地说："那你慢慢想，想好了和我说，我先忙了。"

这个时候，女孩就有些难过，而女孩难过起来的时候便会患得患失：他对我没有以前那么好了，他是不是不在乎我了？我不是他最重要的那个人了，他一定心里有了别人……这样想着想着，女孩便脱口而出："分手！"

女孩以为爱情就像一个开关，啪的一声打开，啪的一声关闭，只要及时拔掉电源就可以幸免于毁灭。所以她也理所应当地以为分手可以解决所有的困惑，她以为说分手会让他更加重视自己。

事实上，男孩是一个反射弧比较长却又极其敏感的生物，很多时候，也不是他们不愿意去思考，而是他们真的转不过来那个弯儿。简单直接是他们思考问题的常用方式。

当女孩说"随便"的时候他们是真的曾认真提出过自己的建议，可是当他们的建议一次一次被驳回时他们也会受伤，会怀疑自己：难道自己真的这么不了解自己的恋人吗？后来他们不愿意去猜也是因为他们害怕面对这样的事实。一段感情里，猜不透对方的心是一件多么可怕的事，这样的挫败感让男人无法面对。

所以，当女孩脱口而出"分手"的时候，男孩的第一反应不会是像女孩想的那样，冲上去抱住她说一声："宝贝，别走，我爱你。"而是很快地联想到每次都猜不中她的心事，是不是两人真的不合适了。

男孩就是男孩，纵使他很难过，他觉得这个女孩是他爱的，给不了她快乐不如让她自由。

当然，女孩会说，我说分手只是为了让他来挽留我，让我知道他在乎我，因为他的一些微妙变化让我不能肯定他是否还那样爱我，所以我才拿放弃做赌注，如果输了，就证明他真的不够爱我。其实我比他更害怕分手成为事实。

有一句话说得好，分手说得太多了，就容易成为事实。因为你也耗尽了男孩的心，猜得太累就真的不愿意碰了，与其常常失败，不如一次摔残。

我亲爱的女孩们，爱情是需要调剂的，但是不要猛烈地加辣椒，有些刺激用芥末效果会更好。

当你再一次被他无视的时候，不妨将愤怒中脱口而出的"分手"两个字换成噘着嘴巴哼出来的"绝交"，跟他玩个游戏。

那这个游戏怎么玩呢？很简单，当你说出"绝交"的时候他的第一反应必然是愣住了，在他愣住的时候你加一句"35秒"。再笨蛋的男孩此刻也明白你在撒娇了，那接下来就会是一个折中的时间。

不要问我怎么得出的这个数字，35秒会是让大多数男孩脱口而出的时间。

游戏结束不管谁赢谁输，感情再次进入高温期却是一定的。

TO：自我——女人不要成为一株"藤"

你现在还好吗？

分开后，就断了联系，别说朋友，连熟人都没得做。我曾经一度认为，我今生都不会原谅你。如今才渐渐地明白，这段感情谁都有错，不是你自己的过错。

我格外地痛断心肠，原以为是爱你爱得太深，现在想来，完全不是。我只是不接受我做出了如此巨大的改变还失败了的事实，不接受自己过去的愚蠢和无聊。

人就是这样，在生活的每个阶段，都会迷惑，都会误信人言，都会检讨自身，却难以给出一个客观的、正确的答案。于是这迷惑就会变成幼稚和天真，造成对自己的伤害。谁，一路走来，能够不伤痕累累呢？

过去的几段感情中，我终究只是我自己。我不依靠别人，不需要太多的体贴和照顾，反过来像个保姆或者母亲一样，去对别人嘘寒问暖。

只是即便如此，爱情也没有过多地青睐于我，许我一生的停留。

感情流离失所，似乎我的表现根本不足以挽留爱情停步。

我检讨了许久，不知道哪个环节出了问题。自问即便没有别人做得好，也不至于做得差。莫非，我遇到的都是一些狼心狗肺，或没心没肺的狗东西？

闺密们以旁观者明的姿态，为我指出了偏差，选了一条我从未尝试过的路。她们说，你就是太过自立，太过独立。男人通常不喜欢这种女人，会觉得被压制住了气场，没了面子，有太多的束缚。

男人喜欢的，还是柔弱的水一样的女人。他们有一种需求，叫作被需要，并享受这种被女人需要的感觉。这能让他们对你更好，自己也得到满足。

如果非要用一种比喻的话，男人就像树，他们需要的不是另外一棵也挺拔的树，能够和他们并肩，对他们没有太多的需求。那会让他们没有任何的存在感，他们需要的是纤细柔弱的藤，依附在他们的身上，才会感到心满意足。

好吧，找到了原因，就去改变，去适应。去学习做一根藤。

我就是这么做了，在遇到了你之后。我不再像过去那样，什么事都自己做，只要你在身边的时候，就会撒娇地依赖你，让你来帮我完成。

我不再有什么心事的时候，独自冷着脸，自己去扛，去忍受，而是会把心事说出来，会跟你纠缠，让你帮我想一想办法。

　　我不再在下班后，坐一趟公交，再倒两次地铁回家，而是会让你来接我，风雨无阻，天天不差。

　　我不再在逛街的时候，喜欢什么就自己刷卡，而是向你索要，眼巴巴地像一个闹着要得到心爱玩具的小女孩。

　　说实话，这一切我并不适应，甚至自己都难以忍受，不觉得舒服，反而变成了一种折磨。我害怕，害怕长久这样下去，我会退化，退化成一种连自己都不敢想象，自己最厌烦的样子。我恐惧，恐惧如果习惯了你对我所有的好，那自己是不是就滋生了对你的全部依赖，再也没有了离开你的勇气，从此也不再能适应一个人的生活。

　　最初，你很开心，很享受。如她们所说的一样，对我照顾得无微不至，愿意为我付出。我们似乎达成了共识，我只负责享受你所带来的一切，而你又愿意对我倾尽所有。

　　只是，逐渐地，当我开始乐此不疲，享受爱情所带来的前所未有的福利时，你却开始了懈怠和厌倦。大概，被需要和需要，都是有一个度的。谁都无法忍受无度的索取，无休止地折磨，谁都会累，会疲劳。

　　当时，沉溺在这感觉当中的我，并不敏感。不是有人说了吗，恋爱中的女人，和幸福的女人，智商都是堪忧的。

　　你大概出于自尊，或其他的考虑，也没有表达出来。所以我傻傻地过，你却有了其他的心思。

　　最后，你开始以工作忙碌、加班为借口，刻意地减少和我在一起的时间。大概你觉得，在一起的时间少了，我的需求就会变少，你就不用那么劳累，疲于应付。只是，却没有想到，两个人在一起的时间少了，过久了就难免疏离。感情一旦疏离，那么就陌生。当你和我，都开始习惯了聚少离多，谁都不陪伴谁的日子，就会感觉，原来他没我想象的那么重要，有他诚然快乐，没有了也不至于难以接受。原来，我一个人，还有其他的快乐和过下去的方法。

这种想法是个恶魔，让分手变得不再那么难以接受。如果生活中，此时再出现一个能够让自己心动的人，就会毫不犹豫地选择一种另外更新鲜的生活。

我几乎不敢相信，没有任何的犹豫和挣扎，你就带了她回来和我分手。我清楚地记得那是在我公司的楼下，你面无表情、毫无歉意地宣布，你不想再和我在一起，那种眼神里带着的是解脱，是庆幸，是对未来的憧憬。

我没有追问你理由，是因为我知道，虽然爱情可以没有任何理由，分手却一定有它的理由。但是，分手真正的理由是什么，永远不大可能被说出来。也许是因为顾忌彼此的面子，也许是还残留了过去相处那么久的一丝情分。

出乎意料的是，你说了，这更加让我难以接受。你毫不留情地说："你很好，可是我不能跟你在一起，和你在一起，我太累太累，累到甚至喘不过气来，觉得随时都可能被压死。我不想我们最后变得每天都争吵，都打架。每个人都该有自己的生活，而不是只为对方而活着，不是吗？"

看着身边走过的同事，我鼻子发酸，想哭，却忍着咽下了涌到眼角的眼泪。你开诚布公地说出理由，大概只是为了彻底斩断我们以后的可能和缘分吧。

爱情再次失败，闺密们闻讯而来，给我劝慰，我却给她们吃了闭门羹。因为我害怕看到她们之后，会绷不住地质问她们，跟她们发脾气，如果不是她们的所谓藤和树的理论，我想我们之间不应该如此结束。是这种理论，把自己变成了一个别人心目中贪婪索取无度的女人。

很长很长的一段时间里，我都不敢再去碰触和感情相关的事。在爱情上，我认为我像一个弱者、迷路的孩子，根本找不到对的方向。不知道到底做树，还是做藤，去独立，还是去依靠。

一直到不久之前，我偶然看到了两段话，才从过去的爱情里找到了爱情中女人真正应该有的定位。

一是找一个值得依靠的人，却不要过分去依赖他。否则，他累，你废。他如反悔，你再也没有丝毫反抗的机会。

二是女人不要做一根藤，藤诚然纤细柔美，却无法把命运和爱情攥在自己的手中。依附于一棵树，可能会生活得很好，如意又满足。但这棵树如果挪去，你根本连生存下去的本钱都不会有。女人也要做一棵树，找一棵愿意跟你依偎的树，彼此支撑。在他需要的时候，你能给他肩膀和依靠，既并肩，又缠绵，方得始终。

至于给你写这封信，就当是我对当初自己错误的想法的一次缅怀吧。我们大概不会再见。但如果再见了，我也不会红着眼，而只

会露出嘴角的微笑。这不是所谓的相逢一笑泯恩仇，只是感谢你的
选择，感谢你的"不娶之恩"。感谢你曾经是我爱过的人，感谢你
是我人生中的一位老师，教给了我这些明悟、让我今后可以不迷惑，
不茫然。

TO：执着——执着教会我不在乎

认识你那年，我还算是个女孩，读琼瑶，看席绢，憧憬世界上全部的爱情。认为这个世界上，爱情都是美好的，也是需要自己付出所有才能得到的。

你弹着吉他，唱着歌，孑然一身，穿着破旧的牛仔裤，住在破旧的四合院的平房里，连窗都漏风，每天只能吃最便宜的盒饭充饥。

你说你有个梦想，今生一定要实现，那就是自己一定要成为一个站在大舞台上的歌手。创作自己的音乐，吸引无数的粉丝。所到之处，充满了鲜花、尖叫以及拥抱。

那个时候，梦想还和爱情一样不成熟，却又让人心潮澎湃。我们不知道现实的残酷，和成功路上的磨难。

我只坚定，你想要的，我就努力去给。你的梦想，就是我最大的梦想。你的喜好，就是我最大的喜好。

那个时候我也刚来北京，收入虽比你多，但也还微薄。可我会省下半个月的饭钱，愿意为你换一把好一些的吉他。愿意厚着脸皮，帮你去跑酒吧，一家家地问这儿需要不需要歌手，我这有个歌手，异常有才华。

我央求所有的作者和做媒体的朋友，为你写一些宣传性的文章。为了帮你出名，也会见缝插针，为你寻找演出的机会。只是你不领情，总是对我谴责，你觉得我给你找的演出机会给钱太少，让你的音乐显得廉价。我给你发的文章都是小平台，没有太大的影响。你从来未曾想过，自己处于一个什么位置，只是呵斥我的无能。

这些话像刀子一样，剜得我心里疼得厉害，可是心滴着血，却要跟你赔着笑脸。唯恐惹你更加生气，让我们争吵。

那年九月，你不知听谁说，只需要三万块钱，就能举办一次个人的小型演唱会，而且会有唱片公司的人到场。你心动了，可是三万块钱，对我们来说是一笔不能想象的天文数字。你说你要专心创作，负责唱出自己的水准。把找钱这种事，完全交给了我。

我几乎求遍了所有的朋友，透支了能透支的工资，向家里父母撒谎求助，说公司要员工入股。但是最终也没有凑足。

你变了脸，和我争吵，说我根本没有把你放在心上。钱被撒了一地，我的心也碎成了许多片。你推搡着我，我辩解着，换来的是你对我的恶言，说我和你在一起，就是看中了你的才华，知道你有一天必然会出头。想黏着你，却根本不愿意付出。

我忍无可忍，在那个秋寒的夜晚离开，带着简单的行李。想着坚决不能回头。只是，当你若无其事地出现在我面前，说几天都没人做饭吃了，家里乱成了一团。我坚硬的心顿时软化，还是犯贱地跟你又回了你那个破旧的住处。

你根本不知道，我为这段感情付出了多少，因为你根本不了解，我对你有多在乎。平房的潮湿和脏乱让我过敏，身上满是疹子，每夜痒得根本不能入睡。我上班，要花费两个多小时的时间在路上。每天五点起床，下班按时回到家已经九点左右。

住处前面，那条脏兮兮的、没有路灯的窄巷子，在夜里像一张漆黑的巨嘴让人心生恐惧，而这里曾发生过多次抢劫案。你却从来没有接过我一次，或者说从来连问一声"怎么还没回来"的担心都没有丝毫。

如果不是那件事，我想必不知道还要继续傻多久。你认识了一个所谓的朋友，说能帮你在唱片公司签约，发碟。于是你对他毫无保留地相信，对他的要求无限地满足。他从我们这里借走了仅剩的钱，每次在外面吃饭，都会喊你去埋单。你卑微得像一条狗一样，在他的面前只剩下了摇尾乞怜。

终于，他提出了最过分的要求。说想要签约成功，先要搞定唱片公司负责签约的经纪人，而那个经纪人格外地好色。他就打起了我的主意。你不能明白，我对那个所谓的经纪人的厌恶，他那种眼神里带着刺，让人浑身难受。

身为一个男人，一个说过也爱我的男人，就看着另外一个男人满脸淫笑地对着自己的女朋友语言挑逗，动手动脚，你却还能赔着笑脸，一副悉听尊便的丑态。

所以，我们没有了以后。我看懂了，我在你心中根本没有任何的位置可言。对你而言，我不过是送上门的一块肥肉。你只是暂且需要我来果腹，根本对我有的只是需要，没有丁点的感情。

你找我闹，觉得我不忍，所以毁了你的前程。你变得更加落魄，跑来说自己后悔，要我再给你一次机会。

我态度越坚决，你表现得越卑微。一切都像颠倒了一样，我变成了从前的你，你变成了过去的我。不知道这算不算"出来混的，早晚都要还"。不知道这是不是就是所说的冥冥之中的报应。

你像追求一个女孩一样，重新展开了对我的追求。开始每天到公司门口等待，开始学着送花，开始请我吃饭，开始软语温存。只是一切都晚了，你越这样，我越觉得恶心。当你摊牌一样告诉我，为了我，你可以放弃自己过去的梦想时，我心里没有感动，只有冷笑。你不过是觉得，生活得太过辛苦，梦想遥遥无期罢了。

其实，又何必，又何苦。即便你真的是幡然悔悟，泼出去的水，又怎么能收得回来？变成了石头的心，再也不可能被软化和打动。

你离开北京那天，我没有去见你最后一面。我们注定以后变成两个陌生人，不再可能有任何的交集。

在一起那么久，除了你留给我的后悔和伤疤之外，我还得到了什么？大概得到的就是醒悟，一种顿悟。

原来，爱诚然很美，但无论爱谁，都不能太在乎。太在乎，就会拼命地付出。当付出变成了一种习惯，那么得到就会变得麻木。人麻木了，就不会再去觉得好，只是觉得一切都理所当然。全然忘记了，除了你的父母，天下没人应该对你好，为你做那么多的事。

理直气壮地享受着，满足惯了，有一点得不到满足，就会觉得被亏欠，是付出的人对不起自己，所以就发脾气，有意见。原本应该是爱人的，反倒会变成仇人。

恰恰不去太在乎，做自己，有爱的表示，却不会因为爱而沉沦，反而会得当。平素里得不到太多，偶尔得到才会惊喜。觉得浪漫，能品出别人对你的好来。

我和你在一起的时光，纯属自作自受。看错了人，做错了事，自然得不到一个正确的答案，更别提会有什么美满的结局。

所以，我对你，没有爱，没有恨，只有淡然。没有怒，没有喜，只剩余麻木。你不过是我人生当中的一个过客，匆匆地来，匆匆地走。如果非要说留下了什么痕迹，那也是你教会我的道理，而非你这个人。

升米恩，斗米仇。爱情，不要去掏心掏肺，竭尽全力地去为自己养一个仇人，而是要适可而止，让对方还保持着感受到你的真心的能力。爱一个人，别太在乎这个人，物极必反。否则，情人也会变成陌生人！

章七 爱情

〉〉
〉〉

把爱情放在最后来写，

只是因为那么多相遇，

那么多付出，

那么多分手，

那么多坚持，

想起来依旧有丝丝忍不住的痛，

还有点点余味的甜。

我曾很想很想遇到你，也遇到过。但和心里、脑海里、想象里的你都有差距。

我觉得你应该是刻骨铭心的，觉得你应该是甜蜜又混合着苦涩的，是撕心裂肺的痛，是痛过之后的快乐。是赚人眼泪，让自己痴迷的山盟海誓。

但我遇到你之后，这些有过，却不浓烈，似乎又没有过，又总觉得有点似曾相识。

后来，我才逐渐明白，你没有标准的样子，也没有经典的模板。人不同，相处的方式不同，你的样子就不同。但只要两颗心不冷，两个人在一起，长久而幸福，那么你就是真的。

我有一段时间，觉得悟出这个道理后，与你很是熟络。于是到处跟人说，自己见过爱情的真面目。

只是这种说法，虽然真实但未免太难让人接受。大家所接受的爱情，应该是实际的，可以触碰的，可以把握和量化的，否则，便不觉得是爱情，更不会感到爱情有多深和有多真。

人们所谓的爱情，一定是能够见到和感受到的。比如说每天一束鲜花，某女为某男甘愿牺牲玉手做羹汤，再比如说某男能够冲冠一怒为红颜，和父母势不两立，哪怕离家也要成就这段美好的姻缘。

所以，哪怕我很是认真地去告诉每一个人，爱情并非只有一种样子，遭遇到的还是不理解和失败，以及别人看我诧异的眼神。

于是，当我提起笔，想要给你写封信的时候，我又很迷惑，我到底要写给谁，写给什么样的爱情。

因为我有过不同的爱情。爱人不同的样子，不同的性格。不同的分手理由和结局。

或许，应该写上那么好几封给你吧。当然，同时也是留给我自己。

TO：吸引——爱是吸引而不是怜悯

爱情，是否是种必然的需求？

我时常怀疑自己是个智商和情商都发育比较迟缓的姑娘，所以在该学习该恋爱的年纪里，一样都没有开花结果。

我也不知道时光它是以什么样的速度流逝的，只是等我发现，自己从小看着长大的弟弟妹妹比我还早地结婚生子时，才突然意识到自己老了。

我有时候会发愁谈感情，在感情里我是个智商比较低的人，就像只猫，一直低着头看鱼缸里游动的小金鱼，嘴巴是馋的，可爪子扒拉着缸沿，怎么都够不着。

因为不知怎么对待感情，所以有时候会犯傻，爱情书不看，爱情电影立即关闭，听到情侣们你侬我侬地恩爱，也故意加紧步子，算是一种语言和心灵上的自欺欺人。

　　把自己关久了，未免也会想念爱情。和一个人十指相握，他的指尖温度传到你的指腹，这种诱惑无法抗拒。没有人能拒绝爱情的诱惑，就像端一块缀着草莓的奶油蛋糕，摆在你面前，阳光稀稀落落地洒在白色的骨碟上……就算不爱吃，光看几眼，也心满意足。

　　我很喜欢那些脸蛋很干净的情侣们。男孩把女孩的手包在夹克衫的衣兜里，女孩娇嗔地还略带埋怨地说："走慢点啊。"可心里甜滋滋地跟随脚步。女孩举着雪糕，先让男孩咬一口，男孩虽故作冷酷，可嘴巴还是挨着雪糕，吧嗒一下啃掉了丁点。两个人就像两只在松树上蹦跃的小松鼠，把爱情磨成一颗颗小松果，藏在树洞里，等到来年冬天，天地间雪茫茫，路人都肿成了小点，你我并挨着，独看这苍茫而寂寥的人间。

　　我虽倾向分享、交流、沟通、连接，但无心于交际，也从不尝试去违背或勉强自己。若因缘成熟，再远的人都会遇见，该在一起总是会在一起。攀缘不足取，而应耐心培植和浇灌自己内心的种子，让它开花结果。当然我也知道，谁都喜欢温暖的人，所以说我这种生性薄凉、不善言谈又羞于表达的人果真是没市场的。

　　有朋友为此事还说我不食人间烟火。得，别把我想清高了，只是没人和我玩而已。很多时候，对于突如其来的热情和倾慕，总是让我不知所措。有很多人问过我喜欢什么样的男人，对此我总是嘻嘻哈哈一笑了之。后来在我妈的反复追问下，认真思考后我一本正经地回答

249

了她，我喜欢好玩的。嗯，我喜欢好玩会玩且愿意带我一起玩的男人。你要会逗自己乐，若能附带着把我也逗乐，这便是无上的境界了。

还有人问我是否接受异地恋，其实这问题就更简单了，若想见者，千山可跋，万水可涉；若借口众多，实质只是情未到深处而已。

就感情而言，我最有免疫力的就是男人的甜言蜜语。特别是对不来电的。说那么多干吗？你若是真心喜欢一个人，什么都不必说，从你的行为中对方大多就可感受到。

存在即合理，个人喜好罢了，我也能理解。就像我觉得他们听的那些歌闹腾一样。我喜欢安静的旋律，但在他人耳里，却觉得那是带死不拉活的声音。这倒也不能怪别人，毕竟知音难求，就连父母尚且都不能全然懂得子女。

懂你的人，会用你所需要的方式去爱你；不懂你的人，会用他所需要的方式去爱你。于是，懂你的人，常是事半功倍，他爱得自如，你受得幸福；不懂你的人，常是事倍功半，他爱得吃力，你受得辛苦。我曾经也常常这样，一味地想把好的东西硬塞给所喜欢的人，却忘记问他们是否能够吃得消，所以结局大抵不尽如人意。

爱情不是怜悯，而是吸引。其实爱也是有挡箭牌的。

一个人的郑重若是对应了另一个人的随意，即便有再多爱的热情，又有何用呢？依然捂不热一颗不仰慕你的心。

不管爱情，还是友情，终极的目的不是成为归宿，而是理解、默契。

人的一生，能够得到身心统一有始有终的感情，这样的机会稀少而珍贵。

大部分人未曾得到过匹配的伴侣，不过是面对现实的一种分裂而机械地维持。

两个人在一起无法相容的孤独，有时远远强大于一人独处。

喧嚣热闹并不代表你就很充实，往往很多人在身边却没一个理解懂得你，才是最空虚的。其实独处时，我还真的不感觉空虚寂寞冷，听听歌看看书散散步赏赏花倒也觉得生活惬意。但是和不能互相理解，没有共同语言无法产生共鸣的人相处时，就会越发觉得孤独。人若无法散发和分享自己的能量给予他人，会失去连接，感受到匮乏和孤立。

虽然人言，刻意寻找的东西是找不到的，世间万物的来和去，都有它的时间。不过我始终相信，你要的，岁月都会给你，莫急。

如果在我们的心里，能伸出两只手，紧紧地拉在一起该有多好，这样我就不需用语言行为来表示我对你的——喜欢。

TO：初恋——请再相信一次命中注定

无论是男人还是女人，都是忘不掉初恋的。与其是因为初恋是你人生的No.1，不如说，那个时候心动得纯粹，要求得简单，是爱就是爱，喜欢就喜欢，不会考虑和掺杂其他的因素。

因为不想那么多，不想那么长，所以都放得开，彼此的心也敞得阔。

于是，初恋就必然更加美好，因为纯度和投入更深的关系。

初恋是爱着爱着，发现了现实中爱情原来没这么简单，慢慢地被现实逼得灰败。

而初恋之后所有的爱情都是在爱之前先考虑现实，慢慢地因现实而变化了对爱情的要求、对纯度和投入度的要求。

我觉得，初恋才是人生最应该铭记的。它一定是你最为浪漫、炙热、投入的那段感情。而之后，哪怕是走向婚姻的爱情，顶多也就是更加适合生活的感情，未必剔透和纯正。

　　我遭遇你——初恋这种感情时，只觉得爱情是很美好的，美好如仙女棒，它把你所有不好的、丑陋的心情都施了魔法。

　　你的步子会越走越轻松，独自走在夜间的小径，也会想放声歌唱；你想好好地热爱自己，为自己煮菠菜蛋汤，把颗颗红色的西红柿果装到胃里，美容养颜；你会想给自己买花衣裳，把青春时不敢穿或忘记穿的衣服，都拿出来试穿一番，你想让自己再倒着生长一遍，再倒着热爱一遍。

　　你甚至会觉得，连地铁里汹涌的人流都变得可爱，每个人都在为了梦想，蓬勃地蜕变着。连擦肩路过的，那些你常常忽视的矮黄的、缀着霜的小野草，你都觉得它们唰唰抖动的叶子，似乎在和春天对着话，点缀了一个春的生机。

　　喜欢爱情，但爱情却并不是你圈养的宠物，你对它100分地好，它就还你100分，爱情有时候很没有道理。

　　爱人在爱情里起主导作用，少年时，因为每天朝夕相对，两人欲望也浅，共同的唯一愿望就是好好学习，考入同一所大学。

　　蓝色的抽屉，黑色的黑板，两个人并坐在操场上，手指尖只是轻轻地勾在一起，注视篮筐就像眺望夕阳，已觉得知足。那时的感情就像还未熟透的苹果，什么养料都能让它蓬勃生长。

　　想起高中和初恋男友在一起，他会在放学后，在大铁门的拐角处，拨着头发等我，亲吻他要踮起脚尖，但并不觉得辛苦，抽屉里有他塞下的包子加酸奶，已能开心得脸红一上午。那时还留很长的黑直发，碎碎地披在肩上，约会必是要提前一天就刷好球鞋的，怕鞋帮刷不干净，还会蘸上牙膏，细细地抹着。

两相对比，才发现，等你到了成年，被告白和恋爱次数增加后，爱情就像市场上十元钱任你拣的——被催熟的苹果，蔫的、被虫子咬的，都一股脑儿地冒出来。

因为成年后欲壑难填，每座城市都想待待，每个喜欢的类型都想接触下，每种愿望都想一一尝试，就像一条路，忽然分出了无数条小径，竟不知该选择谁和自己并排走到尽头。

对爱的生怯，也让我们不知该怎么对待一个人。离得太近，怕被嫌弃；拉得太远，怕被忘记。脑子里搜刮了一堆甜言蜜语，又怕说出来彼此腻味，太主动怕不被在意，太冷漠怕被误解。我们很多时候会犹豫进退，是因为自己和对方都不愿过多地说明自己要什么。

大人的社会，貌似有一种通用法则，缄默的人总是有神秘的魅力，爱情变成猜哑谜。真的很爱一个人，也会生出自卑感，总生怕自己有诸多缺点，配不上那个想到就觉得光芒四射的恋人。

在爱的自卑和猜测里，我们才渐渐懂得，其实哪里有那么多的技巧可言，爱情不过是各人各使一把力，你鼓励我，我安慰你，我们互通心意，互相恳切地深谈一句："我爱你！"

可我还是想护住爱情，需要这么一个人，让我重回到少年时的单纯执拗，再相信一回命中注定。我想每个人都是如此，我们心里，都住着一个很简单的、给几颗糖就能被哄笑的小孩子，只是我们要脱掉西装，放下公文包，卸下领带，把脸上故作狡猾和冷酷的表情一一敲碎。我们要把我们心里的小孩子放出来，让他禀从天性，找到另一个小孩子，他们一起玩耍，一起在这个世界里摔跤，偶尔也怄气背影相对，但紧紧牵着的手，从来没有放开过……

罗素说："最好的爱情是彼此给予恩惠。"诺。我想，遇见你了，我的每个夜都是带着笑入眠的，黑夜亦是准备第二天的征程。这就是生命给我的最好馈赠吧。我不怕时光缓慢，亦不怕时光过急，我只想和你——相逢不晚也不早，一起优雅地、慢慢地老去……

我想喜欢你，如此而已。

TO：输赢——真正的爱情里哪有什么输赢

有句话，叫作在爱情里，谁先认真，谁先主动，谁就输了。

我却不这么看，因为当我经历过你的时候，你告诉我一个道理，一段感情，如果你连认真都不敢，连主动都要犹豫，那么你早就已经输掉了它。

许是因为做女子的天性，我的方向感尤其差劲，他第一次见我的时候，皱着眉头说："你真是个路痴。"

正是大好年华，我精心描的妆，特意选的裳，为的只是听他口里说出一句"漂亮"，或者只是他眼里的一丝欣赏。暗恋了多年，初次约会，怎能不小心翼翼？我特意买了昂贵的腕表，为的是不迟到，能从容地坐等他的到来，然后对他淡淡一笑，那该是淑女般迷人吧。

那是一只多么漂亮的腕表啊，用了指南针的原理，我想，自己就是那根针，就那样一直看着时间流过，等着他的到来。

　　然而，我却迷路了，他说的那个地方太大，我就随便找了一处地方坐下，想着他应该还没到，就一直静坐。许久，他来了电，言辞间有不悦，我伸胳膊看了时间，红色的针直直显示他迟到了半个小时。

　　他说，他已经到了，找不到我。

　　我说自己早就到了，在等他，正准备说出自己具体位置时，他让我过去找他，他在什么什么地方。

　　我就一直找啊，他打了有十多次电话，见到他时，他正优雅地背对着我在一处偏僻的地方抽烟，而这个地方实际上我竟然路过了五次以上。他不站在路边，站在小角落里自己悠闲，却来怪我路痴。

　　我是有些委屈的，汗水早花了脸，泪水在眼里却不敢落，怕他黑着的脸。

　　终究是自己爱着的人，受了委屈也是欢喜，我疲惫不堪，仍是陪着他转完了他所喜欢的胜地。

　　我给他看那昂贵的腕表，他只轻轻一眼，便否定了我："手表本来就是三根针的跑步，如果没了针，就是时间在找你了。"

　　我微笑："你就是那根针，我愿意找你。"

　　他皱着眉："你是个路痴，找你的话，你说不清楚地方，会让人满世界地跑而浪费时间，让你找更是烦恼，你根本找不到地方，让人傻等浪费时间。"

　　回家，我便卸了妆，换了裳，褪了表。他不喜欢的，我亦不能喜欢。

　　半年，他便厌了，指着我的鼻尖吼："你真的是个笨到极点的路痴，天天让我等你，太累了。"

我第一次无法控制自己地爆发了："那一次我不是提前一个小时到达地点了吗，是你自己每次总是找一个偏僻的地方让我四处找你，既然知道我是个路痴，为什么不找个好找的地方让我找呢？就算是一根针，它也知道把自己标成红颜色的。可你呢，你宁可闲死也要让我累死，也从来不会问我一句：'你在哪里？'"

我赖着他许我一个责任，他无奈。终是没名没分，就那样拖着。我不是不舍，只是不甘，拼了命地去爱一个人，为何落得如此下场？

某个凌晨，我借着惺忪的眼看他着急地看我的腕表，听他对电话那头说："乖，你站在那里别动，我过去找你。"

一时间，泪如雨下，爱情也是两个人的赛跑，如果选择了让一个人永远在那里等，那么必定是要有一个人在那里找，找的人一定是深爱的。

原来，他一直是不爱我的，他只有爱了一个女子，才会着急地说："别动，我去找你。"而不是淡定地说："我在这里，你找我吧。"

TO：伤痛——没经历过爱的凶险就不会懂得幸福

这封信写得有些心慌，因为想要写的时候，我不知道自己到底是写给你，那段让我感到凄楚、哀伤，又真心感动的爱情，还是写给爱情里的他和她。

一段感情，注定是一男一女两个主角。如若多出一个男主角，大抵应该有九成的可能会变成一段悲剧。

然而这多出的男主角却因为某种原因愿意拱手让出爱人和感情的话，那么这就必然是一出五味杂陈的闹剧。

能让我再次提起，也只是因为，我在这五味杂陈的闹剧里，看到了你——爱情另外的一种样子。

他的手在离我一厘米的地方停下，年轻的瞳孔里是克制的欲望。

他说："你为你的爱情无私，我又何尝不能？"

我瞬时疼痛，原来我们的赌注是一样的……

很多年以后，我静立在院子里看蓝蓝的天，依然会想起夏雨后丁香花开的气息。

那一年，我有着白色的长裙和无邪的青春，用微笑的脸看爱情如风中折断了翅膀的风筝，无望地坠落。后来整条街道都是我黑色的眼睛和冷漠的追逐。

21 岁，我同时遇到江与风，他们同样优秀，同样地疯狂追我。不同的是江是高干子弟，他每天会送我大束大束的玫瑰；而风家徒四壁，他给我的只有每天有他气息的亲笔情书。

在大家的一片唏嘘声中，我挽起风的胳膊，看都没有看江的玫瑰。青春的自负受了太多影视的影响，我对江说："我不接受买来的爱情，尽管风贫穷，但是他的爱情是用心酿造的，你的玫瑰却是庸俗的。"

江的嘴唇嚅动了半天，没有说出话。从那以后，他没有再找过我，花仍是每天一束。

一晃两年，临近毕业，风突然变得忙碌，偶尔也冲我发脾气。经过打听，我知道了，原来风上学的费用一直是老家政府资助的，条件就是毕业后必须回去为建设老家做事。

在偏僻的山区当然是不能有所发展的，我清楚风的心理。那天，我拉着他跑到学校的假山上，夏夜的风舒服地拂过我的脸，我将胳膊环在他脖子上，深情地告诉他，我愿意陪着他回山区，同甘共苦。风盯着我，眼里闪过复杂的恍惚，半晌，他也没说话，推开我，一个人独自走了。

不知道为什么，我突然觉得发冷。

连着三天都没有看到风。在第三天的黄昏，我收到他的信，说他在学校旁边的录像厅等我。

狂奔而去，在录像厅的最里面，一个潮湿阴郁的小房间，没有窗子，只有一盏1瓦的小灯泡。腥味，霉味，全部都拥挤在这个狭隘的屋子里。见到他的第一眼，我惊喜万分，如同疯了样地亲吻他，我含糊不清地说："我想你，我爱你，你怎么可以丢下我失踪呢？"

他似乎很疲倦，竭力阻止着我，在我疑惑的眼神里，他挤出一丝笑容："小攻，我怕我给不了你要的幸福。"

"不，不会的，我只要你爱我就可以了。"我捂住了他的嘴，生怕他说出两个字惊吓了我的爱情鸟。

他拉开我的手，一把把我拽到怀里，颠三倒四地给我发誓，最后他说："小攻，你，愿意今天晚上陪我吗？"

爱情已经到了没有理智的时候，我连想都没想，一把扯开我的衣服，雪白的肌肤就那样裸在昏暗的屋子里。我抱着他，吻他。在黑暗的空间里，我渴望身体像凄艳的玫瑰一样为他而绽放。

他终于有了呼应，我能感受到他的颤抖，我听到他的欲望在一个柔软的生命体里燃烧，骨骼发出狰狞的呼喊。他抱住我，狂烈绵长濒临绝望和窒息的吻，引导着彼此的手在对方的身体上开始无所禁忌。他轻轻扯开我的衣服，冰凉的手直接探了进去，我的身体开始战栗，喘吁随着感官的刺激冲向破碎。

记不清楚是谁的唇先落在谁的上面，只记得从舌尖到喉咙都是青涩的折腾，翻来覆去，如同两条交织的蛇松开又缠紧，我能听到他骨骼的响声，而我也差点窒息在他的拥抱里。

不知道过了多长时间，屋顶突然发出爆裂声，本来我们才慢慢平静下来，风放开我，沙哑地喘息，而我仍沉浸在紧张与狂乱中，他拍拍我的肩膀："我出去看看。"

房间里黑暗一片，尽管是夏夜，却仍然因为阴冷让我有些哆嗦，摸索着到了床上，幸好还有条毯子，我战战兢兢地上了床，整理了下早已凌乱的衣服，抱成一团，半躺在床上忐忑不安地等着风……过了很长时间，他还没回来，眼皮越来越不听使唤，我想，还是先休息下吧。

迷糊中，我感觉到他温热的气息在我耳边，却尽力与我保持着距离，我忍不住伸出手抚摩，身体里奔涌着的血液开始沸腾。我知道血液早已不是血液，在我身体内部疯狂激撞相互融合着的液体是岩浆，滚烫的岩浆。我若不顺着它，它会从内至外将我烧成灰烬。

这时，我听到一声叹息，不是风的。

顿时清醒过来，我一巴掌甩了过去，耻辱与羞愧同时涌上心头："你是谁？"

"是我，小玫！"是江的声音。

灯亮了，江年轻的脸上五个指印清晰可辨，他没有解释，而我的泪水却在风的笔迹里蔓延，原来，原来……

我坚韧的爱情不过是风为了留在城市里的筹码，他找到江，让江利用父亲的关系来帮助他，他说，他可以为江做任何事。

当江笑问他有什么筹码与他谈判时，他第一手抛出了我。

江的玫瑰是自己养的，而风的情书却是从网络上复制下来的。青春的爱情就这样被葬送在我自负的判断里，我擦干眼泪，微笑着："江，既然已经做了筹码，就让我做到底，你就帮他，让他留校吧。"

"那你？"

"我爱他，为爱做一次筹码，我愿意。"

江有些愤怒："你这个笨蛋！"然后他疯狂地把我拥在怀里，脱下他的衣服，将我裸着的身体裹住……

那一夜，相安无事。

第二天，我的手放在江的掌心里，看到风，我说："祝贺你，也谢谢你，让我找到了真爱。"

TO：底线——不是不懂爱而是我们太顽固

我所经历过的爱情，和我所见到过的爱情有许许多多。

没有一段爱情，不要求遇到它的人改变和付出。这让我觉得，那些对爱情甘之如饴做出改变的人，给了爱情它所需要的东西。

但种类和行为又如此繁多，让人迷惑，爱情，你到底想要什么？

我有一个姐妹，她说自己从来没想过，会为了一个男人，撅着屁股洗衣做饭；从没想过，不沾阳春水的自己会在这儿挑拣酸咸苦辣；从没想过，会为一个人掉那么多的眼泪，吧嗒吧嗒，像永下不完的雨水；从没想过，会在他轻闭双眼的时候，偷亲他……

你看，爱情把你我都变成了不认识的样子。

如此胆小，如此谦卑，如此自暴自弃，如此故作不在意又掏心掏肺。

　　谁都无法给爱情做一个加减法，算出我们寻找到它，还需要多长时间，多少距离。爱情就因为这不可猜，充满了玄机。若有幸，有幸地遇到了，谁又都无法端出合适的菜谱，做出他恰恰喜欢的感情口味。拿捏、纠结、迷失、愤恨，在清晨窗帘掀起，阳光打到他饱满的麦色肌肉上，喉结颤动，反光玻璃上映出他像跳动的鲸鱼一样扎猛前行的侧影，就像缱绻入睡的婴儿，爱情常常让你不设防地袒露一切，把最柔弱的那一面暴露出来。在相爱的时候，我们就像自动剥落的核，一层层地脱落掉，干瘪的皮肤、发朽的心事、随时准备撤逃的防备，然后一个鲜亮的、纯洁的、好像从未受过伤害的你，从这个核里走出来，等待着一次新的抚摸和亲吻。

　　我爱你，所以我想占据你；我爱你，所以哪怕被彼此占据，充满着脚踩刀尖的试探危险，血涂遍地，我也甘愿。

　　可爱情也巧妙在这儿，即使你是个再理性，再能拿常识公式去拆解爱情的人，到了"情不知所起，一往而深"的地步，所有的理性也将彻底崩塌。

　　亲爱的朋友，每一个受过伤，想要尽快忘怀立即坚强起来的朋友，每一个曾深陷痛楚，固执地想要马上挣脱的朋友，每一个总想要逞强的朋友，我知道，深陷痛楚，你一定会不停地告诉自己要坚强，要原地满血复活，要忘记所有过去，你恨不得一觉醒来便重新笑靥如花，朝气满满。可我想告诉你的是，有时候，那是偏执的坚强，那是固执的倔强。你会因为太急于恢复，再一次伤害到自己。

一个女友，曾谈过三次三年的恋爱，可每次都是无疾而终，被人无情地抛弃。有一段时间她脆弱不堪，每天失魂落魄，后来她为了掩盖自己的脆弱彰显自己的坚强，开始不停地更换男友展开新的恋情，她那时觉得只有这样才能让自己不断地活在新的生活中以忘掉过去的回忆，只有这样才能让自己尽快摆脱那些痛楚。

可后来她告诉我那段时光才是最痛苦的，她表面逞强地假装已忘掉，可其实是在加深回忆和悔恨，伤害别人的感情内心愧疚，同时也在给自己的伤疤上撒盐，这是自我的折磨。后来她忽然释怀了，回忆便回忆，过不去就让它过不去，每天努力工作，关心家人朋友，对感情顺其自然，放下了过往的一切悔恨和不解。现在她结婚了，生活得很幸福，一点也看不出来是有过这些经历的人。

有些时候，人越想逞强，痛楚越会将你拽入更深的旋涡；越想忘记，回忆越会来得汹涌；越是想要马上度过，越会将痛苦拉长。

就像深陷泥潭，越是挣扎摆脱，越会陷入更深的泥泞，最后无法自拔。

越想摆脱，越是不经意地把痛苦放大；越是想要快点坚强起来，越是在潜意识中告诉自己受到的挫折有多么让人难以释怀。后来因为励志的电影几乎都已看遍，她不再熬夜看电影了，每晚按时上床睡觉。

可之后的她，在没有励志电影，没有快点坚强起来的自我督促下，越来越释然，越来越积极。

自顾自地逞强，有时只会让一个人前方的路越走越窄，如同遇到鬼打墙般陷入自己铸就的围城再也走不出来，直到把自己锁死。

回想自己童年和成长的那些经历，那些曾持续数年每晚刻骨的痛苦切肤的折磨，后来都能轻描淡写地笑着说出来。当一个人发现那些曾经让你最难过的事终于有一天可以笑着说出来时，也便真的明白了成长的意义。再不怨天，只是感谢，因为它们都是独属于自己成长道路上收获的宝藏。

如今回头再看当初那些深陷痛楚的日子，那时的自己因为总想要逞强，尽快脱离命运和痛楚的旋涡，可结果却越陷越深，明明是抗争，实际却是削弱自己的能量；越想逞强，痛楚越缠绕在身旁。

我曾经在患上轻度抑郁症时看了一年的心理医生告诉我，每个人在每个年龄段都有不堪承受的痛楚，不是因为你的懦弱，不是因为你不够坚强，只是因为你处于那个年龄段。对于那时的挫折和痛楚，你要学会的是接受和坦然面对，去承认自己的脆弱，接受自己的不堪，你要敞开心扉地容纳它们，告诉自己，它们都是你生命里的一部分。

积极的心理，并不是一味地与消极做斗争。很多时候，越是抵抗它越是顽固，越是排斥它越是汹涌，越想逞强，越会击垮你。就像我们失眠时，越逼自己快点睡着就越是睡不着。去接受消极，接受失望，接受不安恐惧焦虑，因为它们都是人生中必然存在的一部分。当一个人学会坦然地接受时，反而会很快得到释怀和解脱。

后来的我，遇到任何无法抵挡的挫折，都会告诉自己，想哭就哭，想醉就醉，你不需逼着自己坚强到无人能敌。而结果便是，我比以往都恢复得更快，平静而坦然，没有任何强求，好起来，便是真的好起来。

很多人抱怨，你是不公平的。总有人会仗着你的名义去要求太多，去要求每个人为你而做出改变，包容，平和，原谅，放弃。

但其实作为爱情，你是最公平的。付出终会得到回报，不遵从身为爱情的你公平的原则，你就会变成一场游戏和一种惩罚。

你其实是每个人心目中都有的梦想，一样值得全力去追逐，去把握，不放弃。

我是不是真正懂了你，需要你给出一个答复。

甚盼！

TO：谎言——不是每句话都是承诺

》

亲爱的女孩，你说你不懂这个世界，你说你遇到太多太多的不懂。

你说你惯于付出，惯于被动地期待着一切，惯于用一切无条件信任的态度来面对这个世界。

而，这些却统统成为让你受伤的利刃。

有人说："我愿用一生的时间来等你爱我。"你信了，可转眼不过一年，那人的婚期就近了。你不明白，一生到底是多久。

有人说："物欲从来都不是我贪恋你的原因。"你也信了，可当你财政赤字的时候，那人携着煤老板的小女儿说那才是他的真爱。你假装明白，自己不够小鸟依人。

有人说："我永远都不会离开你。"你又信了，他的确没有离开你，可凭空冒出来他的初恋女友让你主动离开他。你不想明白了，你说，有些信任，让人断筋伤骨，直至心碎。

后来，你说你又遇到一个人，很好，他愿意听你说很多很多过去的事情，听你描绘很多很多未来的故事。尽管，这些过去和未来都没有他的存在，他依然为你喝彩加油。

你说自己很难过，他就很努力地配合你营造各种欢乐的气氛来温暖你。你说自己有陌生人恐惧症，他便不会带你去认识不想认识的人。你说自己没有安全感，他就设想了很多种能让你有安全感的未来。

在他所有美好自由的蓝图里，永远有你。

你说你死去的信任又慢慢复苏，然而有些未来是经不起推敲的，你天生就是一个不索取的人，却也是一个对承诺极其较真的人。当你把每一条每一句都锁定在期待中以后，你越来越不开心，两个人的关系变得小心翼翼，你一边雀跃着自己存在于另一个人的未来当中，又在不断地提出未来可能会面对的问题。这样的患得患失让两个人都对对方失去了耐心。

他说："其实我也是一个没有安全感的人，但是我希望能给你带来安全感，你能安心地存在于我的世界，同时我们两个人可以相依为命的安全感。然而，你的敏感让我越来越疲惫，你的强势让我更没有安全感。"

你冷笑，原来又是一个诸多托词的人而已。

你说："我原来就没什么期望，你给了我期望，我好心提醒你这个绝对是错误的，你反而来怨恨是我太过强势。"

2012年的第一天，你遇到了现在的人，听完你所有的往事，他笑了。

　　"你真是一个善良可爱的女孩。其实，他就那么一说，你也就那么一听。别人说什么你就信什么，无形中对于他也是一个负担。"

　　说到这里，你问我："他是什么意思？"

　　我笑了："其实这就是一句很简单的话，没那么多意思。"

　　也许，这个时候，你应该真正明白了：百分百的相信有时候会让自己对一个人的期望值太高，也会经常去衡量自己在对方心里的位置，最后就会失落、会伤心、会失去！学会听得随便也是一门学问。

TO：勇气——喜欢就去追，不爱就放手

无论是生活中，还是影视中，时常会看到一些女子在恨恨地怨愤："当初我为什么没有想好了再去做？一切都顺着他，依着他，不然今天也不会如此。"也有一些女子在淡淡地哀叹："如果我不去想那么多，就那么做了，也许不会这样一个人受相思之苦了。"我也常常会替她们着急，是啊，如果当初她们……

我开始为自己的爱情假设了很多种版本，可是始终找不到一个出口，就仿佛一个人手心里捧着开始和结局，却就是找不到一个过程，然后再去痛苦地经历一个过程，这个时候，无论这个过程是不是美妙的，都成了不得不为的煎熬，时时刻刻你都会在想，时间可不可以再缩短或者延长一些。

如果只是如果，有一个女子说得干脆利索："第一眼看见他的时候，就喜欢上了，我才不要去想以后的事情，我就过去告诉他，我喜欢他。"

结果呢？结果很神奇，他反过来去追她了，因为这个女子在说过后大家相识了，女子似乎忘记了当时的告白，也没有再去纠缠他，或者是很尴尬地逃避也。他被悬在了空中，一次次明明可以搭着女子袒露的肩把酒言欢，却不能搂着女子纤细的腰肢密语温存，这让他看着噎着，最终用了心地要去捧着抱着。

在他一次询问女子的告白时，女子的回答很是经典："对你说爱就是爱你，可是没有谁规定以后不在一起，或者你不爱我，我就不能告诉你我爱你。"

一语惊醒梦中人，此时的我方才明白，一直以来，我们都是困惑于一个问题，想好再做呢，还是做了再去回想？爱他亦是如此，想呢还是追呢？其实，有一种折中的方法，那就是说吧，直接说"我爱你"吧。

后来，我遇到了他。

那时，我才16岁，早熟得像个半生的无花果，等不及布谷鸟发出第一声啼叫，我就从枝头蹦跶下来，砸了他的头，然后冲着他说："把我带回家吧。"

年轻的情焰在我的身体里燃烧着，我青涩的小个子在他的瞳孔里骨碌碌地转。他似乎怕被灼伤了眼睛，避开我的请求，落荒而逃。

我把刚刚说出的话囫囵吞枣地自己咽了下去，流了几滴泪水，就成了过眼云烟。像我那样冲动的年纪，想好了去做和做过了去想，根本上是一个道理，我并没有为自己的冒失找借口，仍然决定无悔地前行。

很快地，我就20岁了。

我又一次遇到了另一个他，这个时候的我像一只花蝴蝶，快乐地在每一片灯红酒绿的夜里寻找爱情。他带着邪邪的笑意走到我面前，一只手搭上我的肩，另一只手还来不及抚上我的脸，我突然很认真地对他说："我们会永远在一起吗？"

话音未落，我已经看不到他的身影。

我努力地舔着嘴唇，用力地咽下我刚才的问题，企图让尾音湿润我的喉咙，有些不知所措，难道我的爱情想也想不通，做也做不了，说也说不得吗？

再后来，我看到了一个MTV，MTV剧情中他冲着她喊："我爱你。"她在对面的街上问："你爱谁？"他又喊："我爱萧淑慎。"她又问："谁爱萧淑慎？"终于，他脱口而出："王光良爱萧淑慎。"

看到这里，我笑了，因为我躺在沙发上，对着刚刚进门的他说："夏果果爱冬飘飘。"冬飘飘是我刚认识他的时候给他起的外号。

然后我就飘到了他的怀里，并听见他羞涩地在耳边说："这可是我的第一次啊。"

我噘着嘴："也是我的，哼！"

后 记

〉〉

亲:

尽管这个词让我有瞬间变身淘宝客服的感觉,我还是想这样称呼看了这本书的读者。

不论这本书是你花钱捧场买的,还是偶尔看到借朋友和同学同事的,捧了个人场,或者是在书店里偶尔翻到的,都值得我给出这个略带亲昵的称呼。

我想在最后,和你们聊聊理想、梦想、秀这三件事。这也是我最近在一些巡回的演讲里最为核心和主要的话题。

只要是在国内长大的孩子,大概都应该写过一篇命题作文,叫作《我的理想》,而且,写过恐怕不止一遍,反正我在小学和初中阶段,写这篇作文写到了厌,也写到了怕,更写到了烦。

长大后想想,其实当时老师评判这篇作文的标准,还是很简单的。

什么叫作好文章？那就是理想本身，要么符合当时老师的审美，医生、护士、老师、解放军、作家、科学家，分分钟高大上，并给予该职业一曲赞歌，基本上能得到高分。

要么，就写得与众不同，理想和大家的有所区别，但中心思想一定是为建设四个现代化而奋斗，老师是绝不会冒着反对建设四个现代化的危险，拿你开刀的。

说这些，其实就是想说，我们大多数人并不太明白，什么叫作理想。我们的理想，狭隘地放在了某个行业，某个职业，某个位置上。认为这就是理想的全部。

而理想本身的含义是很宽泛的，也可以很细碎。比如，想每天吃肉是理想，睡眠够八个小时也是理想，哪怕想有一台游戏专用的笔记本，可以顺畅、不坑队友地玩游戏也是理想。

在我觉得，现在没有的，但能够通过努力实现的目标，都叫理想，理想是没有大小的，没达到，但能做到，就叫理想。所以理想更贴近我们，更让我们振奋。

而什么叫作梦想？梦想则是更虚无缥缈的、更长远的、更宏大的目标。有些是我们实现不了的，或者要用一生时间去追求，去论证，不停歇地去靠近的。比如说，有人想数钱数到自然醒，那就叫梦想；比如说，有人想做一个骄奢淫逸的富二代，过着让人"也是醉了"的生活，也属于梦想；还有人愿意飞到月球上看一看，还是梦想。

更直白一点地说，理想和梦想的差别其实很简单。我当初想成为一名女作家，写唯美的文字，靠写字吃饭，一路旅行，走走停停叫理想。五六年前，我就做到了。而我想成为下一个张爱玲，下一个三毛，下一个冰心，那就是梦想，我需要用一生去追逐，结果也未必能做得到。

人生是因为一个个理想而踏实的，也因为一个个实现了的理想而进步。人生是因为一个宏大、美丽的梦想而美好的，梦想也就是你的信仰，你的指路灯，它给你带来的是勇气和不一样的心境。

人不能活得太飘逸，也不能活得太务实。活得太浮夸飘逸，很容易造成灯下黑，追逐梦想的脚步因为吃不饱饭，没地方住而被现实扼杀；但活得太现实和太务实，很容易内心匮乏，精神干涸，没有方向感和目标，心里疲惫得一塌糊涂，却找不到让自己强力爆发的强心剂。

有句话，我一直觉得很好，叫给现实跪下，但却昂着头。

给现实跪下，是我们要面对现实，要找生存和生活的方法，而昂着头，则是不放弃梦想，坚定地走下去，抓住每一个机遇，纵使走不到终点，也让自己走得更远，比别人看过更多的风景。

所以，在这种生活带来的夹缝当中，我们不能放弃梦想，梦想是指引人实现一个个理想的动力。但同时又要保证自己的生活和生存。我们能为梦想所做的，就是需要把它做下去，把它"秀"出来。

"秀"好像近年来，变成了一个很不好的字眼。起码有点从褒义向贬义变化的意思。

曾几何时，清秀，俊秀，内秀，"秀"字是个让人心向往之的评价。而现在，作秀，秀恩爱，美图秀秀，好像"秀"字立刻变身动词，秀即是炫耀，是拿出来炫耀，是不作死不会死的节奏。

都说，秀恩爱，死得快。秀啥的人，一般都缺啥。

但我觉得，这不是秀本身的错，而是拿出来秀的人，掌握的尺度有问题，是尺度惹的祸。

我为什么赞成要把自己的梦想秀出来？原因很简单，秀出来，别人才知道；别人知道了，对你本人来说也是一种督促。我们有太多时候，会懈怠，会厌倦，会像被针扎了的气球一样，瞬间莫名地想要放弃。有了别人的监督，为了面子，能帮你度过好多次想要放弃的关头，让你在边缘回头。

其次，秀出来相比于说出来，更有力度。只要你愿意，再伟大的梦想也任凭你随便说。哪怕你说自己要成为地球之王，也没人能说你压根没这个梦想。这就叫口说无凭，但是大家不会把你这个梦想放在心上。

而秀出来则不一样，不是轻飘飘地上嘴唇一碰下嘴唇就能搞定的事。梦想本身其实很简单，根本没有可秀的东西，不是你想成公主，我想成王子，就能彼此秀上一个下午的时间。秀梦想，秀的其实是你为梦想所做过的努力，所学到的东西，自己的进步，以及你在实现梦想的路上的每一个脚印。

这代表着你离梦想的距离有多远，也说明了你到底有哪些特质，有多优秀。这会打动一些人，带来一些机会，也许就会帮你离梦想近一些，更近一些。因为，你不光在梦，而且在做，在路上的人，总是会得到比从不曾起跑的人更多的信任，也会得到更多的援手。

既然你秀，就一定有议论，有议论，就有评价。敢秀，就要拥有与之匹配的平和心态。你要明白，秀还有一个意义，就是这些议论和评价，也许它们不动听，不中人意，可是如果不像一只被刺激到的，炸了毛的猫一样去过度地自我保护的话，你把这些好的坏的，动听的难听的评价和议论做一次思考，这能帮你脱离当局者迷的现状。让你明白，你觉得所谓做得正确的事，做得优秀的事，到底是不是帮你真的在靠近你的梦。让你清楚，你还有哪些欠缺，还有哪些不足，明白应该再去做些什么，让自己走得更加迅速和顺畅一点。

我记得有句德国谚语：讥讽是一个人最大的助力，如果你想的话。其实就是如此，所谓秀的力量，也就是帮助自己变得更加透彻和清晰的力量。

这本书，写的不全是我的经历，也有一些我想替他人诉说的故事。其实总的来说，也是我自己秀的过程，秀自己圆梦的过程。

我知道，这本书有人看过会懂，也有些人会不屑，会嘲讽，会觉得我的生活和经历另类得让人心里发虚。

但是，我一直希望的是，这本书，这场秀，能够多给大家一点启迪，无论亲们觉得我的位置是正面的启迪，还是反面的启示。也更希望更多的亲们在看完这本书后，能跟我有一些交流。不管是通过微信私信的方式，还是通过邮箱的方式。让我也能从中受益，离梦想更近一些。

　　人活一辈子，活的就是要个劲，活的就是要个梦。活着，就得有点难以追逐的但又不能放弃的追求。

　　所以，我爱你们，爱所有和我一样，有梦想，不怕折腾，起码不厌烦折腾的人。